AF449903

9 786140 127081

ظلال المفاتيح

ظلال المفاتيح: رواية

الطبعة العربية الثالثة: أيلول/سبتمبر 2021م – 1443 هـ

ردمك 978-614-01-2708-1

صورة الغلاف: فلسطينية من بيت لحم في لباسها التقليدي، تصوير أدريان بونفيس.

تصميم الغلاف: محمد نصرالله

IBRAHIM NASRALLAH
KEYS' SHADOWS

الملهاة الفلسطينية

إبراهيم نصرالله

ظلال المفاتيح

ثلاثية الأجراس

رواية

الدار العربية للعلوم ناشرون
Arab Scientific Publishers, Inc.

* اسم الشخصية وكنيتها، حيثما وردا في الرواية، فهما مرفوعان.

وصول دبابة شيرمان بصورة مفاجئة إلى مشارف قرية النبعة الفوقا؛ دبابة منطلقة بأقصى سرعة، جعل الأولاد يندفعون هاربين للاحتماء ببيوت القرية، في وقت تبعثرت فيه الأغنام بحيث بدت مهمة جمْعها مستحيلة في أعين الرّعيان.

فجأة، تراجعت سرعة الدّبابة، إلى أن توقّفت تمامًا على بعد ثلاثمائة متر من القرية.

دقائق طويلة مرّت، دقائق من صمت لا مثيل له، صمت قاتل يُنذر بإشراع أبواب جهنم في أي لحظة. أخرج ناحوم رأسه من برج الدّبابة، وأشار إلى أحد الأولاد أن يأتي.

هرب الولد إلى داخل القرية، وتبعه الأولاد الآخرون.

اختفى ناحوم في الداخل ثانية، وفي اللحظة التالية دارت الدبابة في حركة سريعة، وانطلقت عائدة.

شَعر أهل القرية الذين راقبوا المشهد خائفين، بأن الأمر انتهى. لكن الدبابة راحت تُطارد أحد الرّعيان الذي كان يركض أمامها مذعورًا. أطلقت الدبابةُ صلية نيران من رشاشها. فتجمّد الرّاعي مكانه. ببطء تقدّمت الدبابة نحوه، توقّفت، أطلّ ناحوم من البرج، وقال للراعي: لا تخف! أريد أن أسألك سؤالا واحدًا، وباستطاعتك أن تذهب.

ظلّ الراعي صامتًا، عيناه مثبتتان على رشاش الدبابة الثقيل الموجه إليه. أدرك ناحوم أن الراعي ينتظر السؤال. فسأله:

- هل هنالك في تلك القرية امرأة اسمها أم جاسر أم جاسر، أقصد عائلة أبو جاسر!

ظلَّ الراعي صامتا. تفصّد العرق من جبينه وعنقه. وتحرك الرشاش

مُنذرًا بإطلاق رصاص يملأ عتمة فوهته.

- هل فهمت السؤال الآن؟ صرخ ناحوم في وجه.

بريبة هزّ الراعي رأسه بالإيجاب.

- ممتاز، قال ناحوم.

- ولكن هناك ثلاث أُسَر أسماء أبنائها الكبار جاسر. أجاب بارتباك.

- أريد أن أعرف مكان ذلك الذي يُدعى أبو جاسر وجاء لقريتكم قادمًا من (راس السّرو).

- على طرف القرية الغربي، ذلك البيت الأزرق. قال الراعي ذلك وهو موزَّع بين خوفه من رصاص يُطلق عليه، وضمير بدأ يؤنّبه، وقرية لن تسامحه لأنه دلَّ مَن في الدبابة على البيت.

اختفى ناحوم داخل البرج ثانية.

- قلتُ لك إنه ذلك البيت ولم تصدقني. قال الجندي الذي كلّفه ناحوم بالبحث عن البيت، مُعاتبًا!

- كنت متأكدًا من أنك تعرف البيت، ولكنني لم أكن مستعدًا لأن أطرق الباب الخطأ. فهمت؟

ابتسم الجندي، بحيث اختفتْ عيناه الصغيرتان الضيقتان تمامًا.

- تأكّد أن مستقبلك سيكون أفضل، إذا ما نجحتْ المهمّة التي جئنا من أجلها اليوم إلى هنا.

من جديد اندفعت الدبابة ثانية نحو القرية، توقّفت في تلك النقطة التي توقّفت فيها أول مرّة، استدار برجها بحيث غدا بيت أبو جاسر في منظار مدفعها. أخذ ناحوم نفسًا عميقًا، وفكّر: قذيفة واحدة ستريحه مما هو فيه إلى الأبد...

1947

ليلة في بيت الأعداء!

وجهًا لوجه وجدتْ مريم، أم جاسر، نفسها معه، أدركـتْ أنـه سـمع صوت أقدامها؛ كان يحاول الهرب، ولأن نوافذ الحظيرة عالية، لم يجـد أمـامه غير الباب.

كان يرتجف. بدا لها في السابعة عشرة، دار حول نفسه عدّة دورات باحثًا عن مخرج يعرف أنه غير موجود. هي تعرف أن باستطاعته دفْعَها جانبًا، أو إلقاءها أرضًا، والخروج، حتى قبل أن تصيح! لكنه لم يفعل، كان أشبه بطائر علِقتْ قدماه وجناحاه في طين سميك.

أشارت له أن يهدأ. هدأ جسده، عيناه كانتا تـدوران بفـزع في محجريهما. أغلقتْ باب الحظيرة، انتشرت العتمة، عصف الخوف بكل خليّة فيه.

ستقتله، فكّر في ذلك، ستقتله امرأة! امرأة عربيـة، أحـسّ بعـار شـديد، وعلى الرّغم من أنه كان يدرك أن أحدًا لن يعرف أن امرأة عربية قتلتْـه، إلّا أن ذلك لم يوقف موجة العار التي غمرته. سيعيش موته في العار، في قبر مـن عار، في جحيم من عار!

امتدّت يد مريم نحوه. تراجع.

ستعذِّبه، ستظلّ تعذّبه في هـذه الحظيرة إلى أن يمـوت، سيصرخ دون أن يسمعه أحد، سيبكي، سيتألم، ولن يواسيه أحد؛ فكّر ناحوم.

***

المعركة التي حدثت ليلة أمس كـانت ضارية. انسحبتْ الكتائب الصهيونية نحو الغرب، اكتشف أنه عالق في الشرق. أن يتبعهم فهـذا يعني أن يُقتَل، في وقت كانت فيه القرى الفلسطينية، في المنطقة، كلها مستيقظة، سواء تلك التي خاضت المعركة أو تلك التي تابعتها عن بعد.

أيّ مكان يمكن أن يختبئ فيه كان نعمة لا يستطيع التنازل عنها.

سار عبر كروم الزيتون، تجاوز سناسل حجريّـة، صعد وهبط، غـابت الشمس، فرح لذلك، لكن غيابها كان يُشرع أبواب الاحتمالات كلّها، كـأن يجد نفسه وجهًا لوجه مع رجال مسلحين في الظلام.

إنه وحيد، ولا يستطيع مجابهتهم، لن يستطيع مجابهة حتى رجـل واحـد، فالمجابهة تعني أن يُطلق النار، وذلك يعني: أن يسـمع أهـل القرى صـوت الرصاص وينطلقوا نحو مصدره.

بندقيته التي في يده تحوّلت إلى ورطة، ورطـة كـبيرة. توقّـف، دار حـول نفسه، لا شيء سوى ظلال الأشجار الغامضة، ظلال لا يستطيع أن يعـرف ما تُضمِر، فهو غريب تماما عن المكان، ولولا أنه رأى الشمس تغيب خلفـه، لما عرف أنه عالق في الشرق.

تحسّس الأرض بيديه، بدأ يحفر. غصن ناشف اخترق راحة يده اليمنى،

كان أشبه بطعنة، صاح، لكن يـده اليسرى كـانت أسرع مـن صرخته، يـده التي أطبقتْ على فمه، وكأن اليد تسأله: ما الذي تفعله أيها الغبي؟!

كتم صرخته.

لم يكن بمقدوره أن يستخدم يده اليمنى ثانية. ألـمٌ، ولا شيء سوى الألم. بقدميه، دفع التراب فوق البندقيـة التـي استلقت عديمة الجـدوى أسـفل السنسلة، محاذرًا أن يخترق قدمه ذلك الغصن الغامض.

فكّر: سيضع عليها الحجارة أيضًا. أمسك بحجر مـن السنسلة، لم يكـن باستطاعته حمْله مع وجود يد مصابة نازفة.

تذكّر الدم، سيفضح الدّم المخبأ.

وضع يده المصابة في جيب بنطاله. دفعها إلى أقصى حدٍّ يمكن أن تبلغـه، وهناك، لامستْ أصابعه تلك الرّصاصة التي في قعر الجيب. كانت رصاصة حظّه، الرصاصة التي أطلقها على أول فلسطيني قتله. صـحيح أن رفاقه في المجموعة قدّموا له ذلك الفلسطيني كهدية، ليستطيع بعـدها أن يقول إنه قَتَلَ، لكنهم طلبوا منه أن يُخرج الرصاصة من ذلـك الجـسـد القتيـل. تـردّد، قالوا له: هل تريدنا أن نعتبرك وقحًا إلى ذلك الحدِّ الذي ترفض فيه هديتنا؟!

- ولكنني قبلتُ الهدية، وقتلتُه!

- هذا صحيح، لكنك ترفض أن تفتحَ الهدية، وهذه هي الوقاحة.

بطرف خنجره وأصابعه المرتعشة حفر كثيرًا إلى أن أخرجها.

- هل تعرف ما الهدية التي قدّمناها لك الآن؟

- أجل، هذا العربي، لأقتله.

- إجابة خاطئة، لقد قدّمنا لك رصاصة الحظّ.

- رصاصة الحظّ؟!

- هذا صحيح، وعليك أن تحرص عليها جيدًا منذ الآن.

***

بيده اليسرى، بدأ برفع الحجارة الصغيرة؛ وضعها فوق البندقية، دون أن تتوقف قدماه عن إزاحة التراب فوقها وفوق الحجارة.

كان عليه أن يتحرّك، فالوقت خطر كبندقية لا يستطيع صاحبها استخدامها؛ حدّق ما استطاع، محاولا أن يرى آثار دم، لم يرَ شيئًا.

اعتلى السنسلة، وقبل أن يهبط شاهد ضوءًا خافتًا، لم يملك إلا أن يسير نحوه وهو يستعيد حكمة أبيه الأثيرة: إن أفضل مكان يمكن أن تختبئ فيه هو بيوت أعدائك؛ فهي الأكثر أمانا من غيرها! أما أفضل حياة يمكن أن تعيشها، فهي الحياة التي تعيشها في تلك البيوت بعد أن تتخلّص من أولئك الأعداء!

***

كان هنالك بيت، وهنالك حظيرة على بعد سبعين مترًا منه. سمع خوار بقرة ونهيق حمار، وثغاء ماعز.

لم يكن موعد نوم الحيوانات قد حان!

بحذر سار نحو الحظيرة. تجاوز سنسلة منخفضة، جرى نحو جدار الحظيرة المواجه له، وصله، توقّف؛ هيّء له أن الحيوانات صمتت فجأة. كانت قد صمتت فعلا. أراحه هذا.

مشى على قائمتيه المطويّتين تحته، حتى بلغ نهاية الجدار، أخرج رأسه من بين كتفيه، نظر باتجاه البيت.

لا أحد.

بسرعة انطلق، فتح باب الحظيرة وأغلقه خلفه.

أدرك أنه ارتكب خطأ كبيرًا، ماذا لو كان هناك من يُطعِم الحيوانات في الداخل؟

كتم أنفاسه. توقّف قلبه.

لا أحد..

عاد الهواء إلى صدره، عادت الحياة تدب في قلبه، وقبل أن يفرح بـذلك، اختلطت أصوات الحيوانات التي فوجئتْ بوجوده، تعالت أصواتها. تراجع خطوتين، سمع صوت أقدام من الخارج، وامرأة تحدّث شخصًا ما:

- أظن أن أصوات الرصاص التي أفزعتْها عصرًا لم تزل تئزُّ في آذانها!

وثانية دار حوْل نفسه، وقبل أن يُشرَعَ الباب، اندسّ في كومة من القشّ.

- وبعدين معاكن؟! لا نايمات ولا مخلّياتْنا ننّام! خلاص، كل شي انتهى، استريحن وريْحنّا!

وعمّ الصمت طويلا، قبل أن يسمع ذلك الـذي في كومـة القشّ البـابَ يُغلق والأقدام تبتعد.

***

قرّر ألا يتحرّك؛ أن يتحرّك فذلك يعني احتمال عـودة الفوضى للحظيرة

من جديد، وعودة صاحب الحظيرة هذه المرّة.

أخرج أنفه من بين القشّ.

لم تصدر عنه حركة حتى الصباح.

لم ينم. كان أكثر ما يقلقه أن يُطلّ الصباح وهو مكانه، ويقلقه، أن يخـرج قبل شروق الشمس؛ سيضيع. كان لا بدّ من الشمس ليعرف ذلـك الغرب الذي سيمضي إليه. يُقلقه أن قـرى هـوجمت عصر اليـوم الفـائت، لـن ينـام رجالها تحسُّبا لأي هجوم آخر.

لم يجد حلًّا غير أن يبقى مكانه، فهو المكان الوحيد الآمن.

***

دبّت الحياة في الخارج، أصوات متقاطعة، لم يستطع تمييزهـا. فُتـح بـاب الحظيرة.

كان قد غير مكانه؛ فعلى الرغم مـن أن الربيـع يملأ الأرض بالخضرة في الخارج، إلا أن ذلك لا يعني أنهم لن يُقدِّموا العلف لحيوان ما، لسبب ما، أو لعلهم سيأتون لحلْب أبقارهم.

تجمّد في مكانه إلى أن هدأت الأصوات تمامًا.

كانت الحيوانات تبتعد، والصمت يهبّ مـن كـل الجهـات، لـولا تلـك الأصوات التي تصدر عن إحدى البقرات؛ البقرة التي أدارت رأسها في كل الجهات تتشمَّمُها، ثم سارت نحوه كما لو أنها هي الـتي وضعتْـه في كومـة القشّ!

لم تأكل، نثرت القش برأسها، فإذا به أمامها. عيناها تحدّقان في عينيـه،

14

ورائحة أنفاسها الحارة الثقيلة تلفح وجهه. تجمّد.

رفعت البقرة البيضاء ذات الجلد المرقّط بالبقع السّود رأسها وأطلقت صوتا غريبا لم يسمعْه من قبل.

ستأتي البقرات، سيأتي الثور، ستدوسه قبل أن يتحرّك.

تعالت أصوات الأبقار وفوضاها، لكنها لم تأت. رفعت البقرة قدمها اليمنى وضربت القش بقوة، مرتين.

تناثر القشّ. دفعتْ رأسه برأسها، سال لعاب ساخن على وجهه.

قرّر ألا يتحرّك.

فجأة، رفعت قائمتيها الأماميتين في الهواء، كما يفعل حصان، وهوت بكل ثقلها نحوه. قبل أن تتمكّن من سحقه، ابتعد بسرعة، التصق بالحائط. حاولت البقرة صعود كومة القش التي تفصلها عنه، لم تستطع، دارت في المكان باحثة عن طريق إليه، دون أن ترفع عينيها عنه. قرّر أن يختبئ خلف البرميل الذي اختبأ خلفه قبل ذلك. ظهْره إلى الحائط، وسائرا بشكل جانبي، مضى يتقدّم نحو البرميل، وصله، اختفى كما لو أنه سقط في بئر.

وقفت البقرة طويلا محدّقة في الفراغ الذي تركه، حرّكتْ رأسها بغضب يَسْرة ويَمْنة، أعلى وأسفل، ثم استدارت مبتعدة.

اطمأن إلى أنها لن تعود..أخرج رأسه من خلف البرميل. لم تكن هناك.

تلك كانت اللحظة الأفضل لكي يبتعد.

تقدّم نحو الباب، سمع صوت أقدام، كان الوقت قد فات على أيّ تراجع.

وجهًا لوجه وجد نفسه مع مريم؛ امرأة في منتصف الثلاثينيات من عمرها، طويلة، لكنه لم يستطع رؤية وجهها بسبب الضوء الذي يخترق باب الحظيرة خلْفها.

أخافه هذا أكثر.

القامات الطويلة تخيف دائما، حين لا يرى المرء وجوه أصحابها.

أغلقتِ الباب، تراجع، تلاشى غموض وجهها، اكتست ملامحها صرامة غير عادية، والتمعتْ عيناها بالوعيد. رأى ذلك الوعاء المعدني في يدها اليمنى، تراجع خطوتين، تعثّر، سقط. وضع راحتيه فوق رأسه متوقِّعًا ضربة تسحق دماغه. تذكّر يده المصابة التي لم يُخرجها من جيبه منذ ليل أمس، ستفضحه بما جفّ عليها من دم. الدّم يجفّ لكنه يعود دمًا جاريا ما إن تقع عليه العين.

امتدت يدها نحو كتفه اليمنى، أطبقت أصابعها عليها بقوة.

ستقتله، فكّر في ذلك، ستقتله امرأة! امرأة عربية، وأحسّ بعار شديد.

دروس أُولى

شدّت مريم على كتف ناحوم الأيمن أكثر، كـانت تريـد أن تـوقظه مـن رعبه، وكان يحسّ أن عملية قتْله بدأت.

فكّرتْ: بعد عامين سيصبح جاسر بعمره، ولكي تتأكّد سألته: كم عمرك؟

ارتبك، وبعربية مكسرة أجاب: 17 سنة.

حيّرها ذلك. إنه في عمر جاسر! وحيّرها أكثر لماذا لم تكن قامـة جاسر هائجة كقامة والده!

- ما اسمك؟

- ناحوم؟

- ناحوم من؟

- نوردو.

- أين تسكن؟

- في (بتاح تيكفا).

- في (ملبّس) يعني؟

- في ملبّس. أجاب خائفًا.

- تعرف اسمها الحقيقي إذًا؟[1]

لم يجب. حدّق في الأرض.

- كنت ممن هاجمونا أمس؟

صمتَ.

- ما الذي سأفعله بك؟ هل أُسلّمك إلى الرجال الذين كنت تريد قتْلهم أمس، أم لأبناء مَن قتلتَهم وجرحتَهم؟

- أرجوك، أنا في عمر أبنائك؟

- عمر أبنائي؟ أتعرف أعمار أبنائي الذين جئتَ لتقتلهم؟!

- أرجوكِ، لي أمّ أيضًا، تحبّني.

- أعرف هذا، من لا تحبّ أبناءها؟ حتى الوحوش تحبّ أبناءها!

- ساعديني، أرجوكِ.

أخذت مريم نفسًا عميقًا.

- انتظرني هنا.

- أرجوكِ، لا تبلّغي عني.

1ـ أنشأت الوكالة اليهودية منذ منتصف عشرينيات القرن العشرين لجنة التّسميات لوضع أسماء عبرية بديلة للأسماء العربية للمواقع والقرى والمدن الفلسطينية، وتبع ذلك محو الأسماء من الخرائط الإسرائيلية التي حلّت محلّ خرائط الانتداب البريطانية..

- انتظرني هنا.

***

غابت طويلا، كان أكثر ما يرعبه أن يسمع قرقعة سلاح وقامات رجـال تبزغ، وتتقدّم مجتاحة بوابة الحظيرة.

فكّر في الهرب.

لم يجرؤ.

أحسّ نفسه محاصرًا، محاصرًا أكثر بكثير من ليلـة أمـس، أحـسّ بـأنه في قلب كمين. فكّر في الشيء الذي عليه أن يفعله إذا وجد نفسه وجهًا لـوجه مع الرجال الذين أطلق الرّصاص عليهم أمس. استبعد للحظة أن يكـون أسيرًا، سيقتلونه، سيقتلونه ببساطة، انتقامًا، كما رأى كتـائب شـتيرن تقتل عربًا بمنتهى السهولة، وكما قَتَلَ هو.

تذكّر كيف أوقفت مجموعته سيارة عربية، ووضع رفاقه لغما في طريقها، سيارة كبيرة، عائلة من خمسة أفـراد، وكيـف أمـروا السـائق بالتقـدّم نحـو اللغم. كانوا يريدون معرفة قوة انفجار تلك الألغام التي حصلوا عليها مـن معسكر وادي الضّرار قبل أربع ليال.

فكر السائق في الانطلاق سريعًا، لكن رصاص التحذير كان ينطلـق على الجانبين.

أوقفوه ثانية، بصليات كثيفة أمام السيارة. أنزلوا ولده الأصغر. سـنقتله إن لم تسِر باتجاه اللغم. فرصته الوحيدة في الحياة: أنت.

وسحبوا الولد.

تقدّم السائقُ نحو اللغم، وهو يراقب، في المرآة، ولده على بعد مائتي متر خلفه، وثمة بندقية مغروسة في رأس الطفل.

كانت البندقية هي بندقية ناحوم، ناحوم نفسه.

طارت السيارة في الهواء بمن فيها، تحوّلت إلى أشلاء، حتى أن قطعة كبيرة من صندوقها هوت على بعد خمسة أمتار من ناحوم والطفل.

لم يجرؤ ناحوم على قتْل الطفل، حين طلبَ منه قائد القوة أن يفعل ذلك. انتزع القائدُ الطفلَ: وأطلق النار مباشرة في صدر الطفل، في قلبه. والتفت إلى ناحوم: يلزمك الكثير من الوقت لتنال شرف قتْل عربي! منذ الآن عليك أن تفهم أن شرفًا كهذا يحتاج منك أن تبذل كل ما لديك لتناله، لأنني أراك حتى الآن مثل كثير من اليهود الذين يحلمون بالقدوم إلى هنا؛ لقد باتوا على يقين من أن فلسطين أصبحت لهم، لمجرد أن بلفور منحهم إياها! فأصبحوا يُصلّون لكلّ إنجليزي يرونه في البلاد التي هم فيها. لم يفهموا أن عليهم أن يسفكوا الكثير من الدماء كي يحققوا ذلك الوعد. ناحوم، سأعطيك قطعة صغيرة لتتذوق الشرف هذا اليوم: احمل هذا العربي الصغير وألقه في الوادي.

كانت العيون كلّها تحدق في ناحوم، ناحوم الذي سار نحو الجسد الصغير بوجل؛ انحنى والتقطه. كان الصغير أخفّ مما تصوّر، كما لو أنه لا يريد أن يسبب بثقله أي حَرَج لناحوم.

- ألقه لأبعد مكان تستطيع أن توصله إليه. قال له قائده.

لوح ناحوم بالجسد الصغير ثلاث مرات فوق رأسه، ثم بكل ما فيه من قوة تركه يطير نحو الوادي.

20

حلّق الجسد الصغير طويلا، حلّق كما لو أنه قرر الصعود مباشرة إلى السماء! حلّق كما لو أنه يُبعث من موته، لكن السماء كانت أقسى من الأرض في تلك الظهيرة الحارّة؛ لم تتلقّفْه، تركتْه يهوي.. ويهوي.

لم يسمع أحد ارتطام الجسد بالأرض، إلى تلك الدرجة التي جعلت ناحوم يحسّ أن الولد لم يزل طائرًا صوب جوف الوادي. سار عدة خطوات، حدّق في الهوة السحيقة، وهناك رأى وميض الدّم يشعّ فوق سطح صخرة كبيرة.

وكما لو أن قائده أدرك ما يفكر فيه ناحوم، سأله:

- هل تأكّدتَ من أنه لم يطِر؟!

هزّ ناحوم رأسه.

- خذها إذًا قاعدة يا ناحوم: حين تُطلق النار على عربي أو تُلقي به من على سطح أو إلى جوف هوّة، فإنه سيكون مُطيعًا، وسيسقط في المكان الـذي حدّدته أنت بدقّة! وأطلق ضحكة عالية.

ضحك ناحوم، ليُجاري ضحكهم، إذ لم يكن يفـرّق، بعـد، بين مـا هـو طُرفة وما هو أمرّ جدّي، في مواقف كتلك.

***

كان تراث ناحوم الوحيد حتى ذلك الوقت هو إلقاء ذلك الجسد إلى الهاوية، لكنه لم يفاخر بهذا، بل لم يذكر الأمر أبدًا لأحد، حتى لأبيه، فقد أحسّ أنهم سيضحكون عليه: ناحوم يقوم بدور المكنسة خلف رجالنا! وفكّر: أي معنى للعمل الذي يقوم به شخص مـا حين يقـوم بسلخ غـزال

21

اصطاده شخص آخر؟! أو التقاط بعض لحمه بعد أن شبعت منه النّمور؟!

لم يعرف ناحوم لماذا استعاد ذلك المشهد، هل لأنه كان ضعيفا واستنجد بأمّه، في لحظة خوف، مثل أيّ طفل، أم ليذكّر نفسه بأنه شجاع، قتَلَ عربيـا، بعد ذلك؟

تحقيق!

أُشرع البابُ ثانية، وقد دفعتْه مريم بقدمها، رأى في يديها وعاء وصرّة. ظلّت تتقدّم نحوه إلى أن وصلتْه، كان واقفًا في مكانه كما تركتْه.

- اجلس. متى أكلتَ آخر مرّة؟

- أمس، قبل الهجوم؟

- هل قتلتَ أحدًا منا؟

- لا، لا لم أقتل أحدًا، لم أقتل أحدًا في حياتي!

واستعاد صورة يده التي لوّحت بالجسد الصغير وألقتْه في الوادي، وأصابعه وخنجره وهو يستخرج رصاصة الحظ.

- كُلْ.

وكما لو أنه كان مغمضًا عينيه وفتحهما، وجد رغيفًا وقطعة من جبن وحفنة من زيتون أمامه.

- أريد أن أشرب.

- اشرب إذًا، اشرب.

ناولته الوعاء الصغير، شرب ما فيه من ماء. انساب الماء على طرفي فمـه، على قميصه الكاكي، تساقطت منه قطرات على الأرض.

- ماذا حدث ليدك؟ سألته مريم.

التفت إلى يده، كان الدّم الناشف واضحًا في راحته.

- دمُ مَن هذا؟ سألته.

- دمي؟

- أرني إياها.

حاول بسط أصابعه. تألم. فعَلَها.

- أُصبتَ أمس؟

- وقعتُ في الليل على غصن، فجُرحْتُ.

- وبندقيتك؟ أين هي؟

- ألقيتُ بها.

- أين؟

- لا أعرف، كان هناك ظلام ولم أعرف أين أنا.

- إذا وجدها الرجال فسيأتون للبحـث عنـك هنـا، ولـن أسـتطيع أن أخبئك.

اهتزّ جسده، كما لو أنه ألقاها فعلا.

- خبّأتُها.

24

- أين؟

- صدِّقيني لا أعرف. كان هناك ظلام، وكنت خائفًا.

- كُلْ.

تردّد.

- لست بحاجة إلى أن أُسمِّمكَ لو أن في نيتي قتلَكَ. أرني يدك.

أمسكتْ يده. تحتاج لتنظيف. دلقتْ قليلا من الماء على طرف قطعة القماش التي حملت فيها الطعام، وبدأت بتنظيفه، ثم اقتطعت الجزء غير المبتل، وربطت الجرح.

- هذا أفضل. بإمكانك أن تأكل الآن.

امتدّت يده، وبمجرد أن اقتطع اللقمة الأولى من الرغيف، تناولت مريم الوعاء الفارغ وسارت نحو البقرة.

التفتَ صوبها، وهو يأكل بسرعة، كما لو أنها ما إن تعود حتى تنتزع الطعام منه.

امتدّت يدها إليه بالحليب:

- اشرب.

***

نهضت مريم، سارت صوب باب الحظيرة المغلق، وقبل أن تصله، أمرتْه: اتبعْني.

وعاوده الخوف ثانية:

- اتبعني.

وقف وتبِعَها.

أشرعت الباب، ألقتْ نظرة واسعة على المكان، وحمدت الله أن أبو جاسر يقاتل مع الرجال بعيدًا.

- هيا.

على بعد عشرين مترًا من الحظيرة كانت هناك غرفة صغيرة مبنيّة من الخشب. سارت نحوها.

لم تلتفت خلْفها. ظلّها يجري أمامها، كأنه يشقّ لها الطريق، كانت تسمع خطاه التي تتحسّس حقيقة وجوده في المكان. وصل ظلّها قبلها، أشرعتْ باب الغرفة، كانت ممتلئة، تقريبًا، بأشياء كثيرة: محراث، سروج تالفة، حطب من مخلّفات الشتاء.

- هذا أفضل مكان يمكن أن تُقيم فيه، لأنه ليس مُستخدمًا طوال الوقت. بعد أيام، حين تهدأ الأمور، سأجد طريقة لإخراجك من هنا؛ ولكن عليك أن تتذكّر: إذا قُتِلتَ، فلن أكون أنا التي قتلتْكَ، سيكون غباؤك هو الذي قتلكَ، وأرشدَ رجالنا إليك.

الرِّهان

- وبعدين يا مريم.. إهدي، على وين رايحة؟

- بدي أتفقّد الحَلال في الحظيرة؟

- ومن إمتى بتتفقّدي الحلال في الليل؟! علّق زوجها وهو يراها تتّجه إلى الباب.

- من يوم ما هجم اليهود علينا.

- يا مريم الشباب سهرانين، استريحي.

- بس لحظة، ما راح أتأخّر.

***

عُرِفَ عن أبو جاسر بأنه الرجل الضخم الذي لم يُر غاضبًا، وذاع صيته أكثر بعد أن أصبح الرجل الوحيد القادر على حمْل حصانه.

بدأت القصة حين أحبّ الحصان عندما كان مُهرًا، فحمله، وتعلّق قلبه به أكثر، فحمله أكثر، وعندما كبر الحصان، كان الناس على ثقة بأنه لـن

يستطيع حمْله أبدًا. أحد رجـال القريـة قـال لـه بلهجـة تحـدٍّ، وهمـا يلعبـان السِّيجة[2] وحولهما عشرات الأعين التي تراقب حركات كل منهما :

- رحم الله تلك الأيام التي كنتَ فيها ترفـع حصـانك، لقـد أصـبحت عجوزًا يا أبو جاسر.

في ذلك المساء، في أواخر شهر آذار، نفض أبو جاسر جسـده، كما يفعل الحصان تمامًا، وتوجَّه إلى حصانه بصمت. تأكد أن كـل مَـن كـانوا هنالـك يرونه، سأل الرجلَ الذي تحدّاه:

- وإن رفعتُه؟

- لك نصف أرضي.

- أنت تعرف أنني لـن آخـذ نصـف أرضـك، لا أسـتطيع أن آخـذ منـك مـا رأيتك تواجه الموت بشجاعة دفاعًا عنه. سأكتفي بـأن تذبـح خروفـا وتعـدّ العشاء لكل الموجودين.

- موافق؟

- وإذا خسرتَ أنت، ولم تستطع رفْعه.

- سأعطيك الحصان!

في تلك اللحظة أدرك الرّجل الذي تحدّاه أن أبو جاسر سيحمل حصانه،

28

أبو جاسر الذي كانت حكمته الوحيدة التي يردّدها دائما: لا تراهـن على أي شي لا تستطيع احتمالَ خسارته.

في ذلك المساء الذي توقّفت فيه كل القلوب عن الخفقان، وانحبست فيه الأنفاس، اقترب من حصانه، حصانه الأغلى عليه من روحـه، ربّتَ عليـه، وهمس له:

- يظنون أنني لم أعُد أُدلّلكَ منذ أن كبرتَ.

ورفعه.

***

غابت أم جاسر طويلا. فكّـر أبـو جاسر أن يـذهب لتفقّـدها. وقبـل أن ينهض رآها تُطلّ من الباب.

- تأخرتِ، كنتُ ذاهبًا للبحث عنكِ.

- يا رجّال، صلِّ على النبي، هل تعتقد أنني سأضيع في بيتي؟!

- ولكنكِ تأخرتِ.

- كان لا بدّ أن أُطعم البقرات والحصان.

- مريم، شو في؟!

- ما في إلّا كل خير!

- هاتيها من الآخر!

- يجب أن تعاهدني على أن تكون هادئًا!

- لا، الآن بدأتْ أعصابي تثور.

- لن أقول لكَ شيئا ما دام الأمر هكذا.

- خلاصِ. أعدكِ سأكون هادئًا.

- مهما سمعتَ؟!

- مهما سمعتُ، ومهما حدث.

تجاوزتْ عتبة الباب، مضت نحو بارودته التي أسندها إلى جانبه، فالهجوم على قرية راس السّرو، يمكن أن يتجدّد في أي لحظة.

أمسكت بالبارودة.

- على وين رايحة بالبارودة يا مريم؟

لم تجب زوجها، فتحت باب الخزانة، وضعت البارودة داخلها، أغلقت الباب عليها، وضعت المفتاح في عبّها.

- لا، هناك مشكلة كبيرة إذًا.

لم تجب، اتجهتْ نحو الباب:

- تعال! وسبقتْه للخارج.

نهض أبو جاسر بتثاقل، تجاوز عتبة الباب، وبدل أن يراها تتّجه إلى الحظيرة، كما كان يعتقد، توجّهت إلى تلك الغرفة الخشبية الصغيرة.

فتحتْ باب الغرفة، دخلتْ. سمع ناحوم خطى أخرى، تهزّ الأرض، تتقدّم نحو الباب، ارتبك، استدار ليختبئ خلف كومة الحطب. قالت له: لا تخف. هذا زوجي! تجمّد في مكانه. هل تكون اعتنت به لكي تمنح زوجها شرف قتْله أو أسْره؟

ولم يطل ترقّبُ أبو جاسر.

فجأة أعتمت الدنيا أكثر، وقد أغلقَ البابَ بقامته العالية المخيفة.

كان أضخم رجل يراه ناحوم في حياته. لو قتلتْه المرأة لكان ذلك أرحم بكثير. فكّر، وهو يرتجف، ويلعن نفسه لأنه لم يتخلّص من رصاصة الحظّ التي في جيبه، وقد أتيح له ذلك، الرصاصة التي كان علي يقين من أنها ستُخبر ذلك الرجل الضخم قصّتَها، منذ أن ضغط ناحوم على الزّناد، إلى أن انطلقت الرصاصة، إلى أن استقرتْ في الجسد، إلى أن أخرجها!

– اهدأ، طلبتْ منه أم جاسر.

ما طمأن ناحوم أنه لم يرَ ظلَّ بندقية في يد زوجها أو ظلَّ عصا.

– من هذا؟

– شاب يهودي مسكين، كان تائهًا، فأدخلْتُه إلى هنا وأطعمتُه.

– يهودي مسكين؟! وكم يومًا مرّ على وجوده هنا؟

– ثلاثة أيام.

– يعني من يوم المعركة؟!

– من يوم المعركة.

– ألم تسأليه من أيّ عصابة مُجرمة هو؟! يا امرأة، هذا جندي، علينا أن نسلّمه لشباب الثورة فورًا.

– أبو جاسر، هذا دخيل عليّ[3]. لن أسمح لك أن تُسلِّمه لأحد.

– إنهم يشنون الحرب علينا، وتقولين لي: هذا دخيل عليّ! إذا عرف الناس ما فعلتِ سيعتبروننا جواسيس.

____

3– الدخيل هو الإنسان الذي يصل إلى بيت ما، ويطلب الحماية، حيث تُلزم الأعراف والأخلاق أصحاب البيت، العائلة، أو القبيلة، بحمايته، حتى لو كان عدوّا.

- أبو جاسر، فليعتبروني جاسوسة، لن أُسلِّمه. قلت لك: هـذا دخيـل
عليّ، ثم إنه بعمر جاسر، وكما ينتظر قلبي وصول جاسر كل يوم خميس مـن
القدس، هناك قلب أُمٍّ ينتظر هذا الولد.

- يا مريم هـذا مـش ولـد، صرخ في وجهها، هـذا قـادم لأخـذ بيتـك
وأرضك ووطنك وقتل أولادك، وكان يمكنه أن يُرمِّلكِ لو استطاع.

- أنا أعطيته الأمان، وإذا حدث له شيء، لن ترى وجهي ثانية!

أخذ أبو جاسر نفسًا عميقًا، وقال:

- حاضر. كما تريدين، ولكن لتكن هذه الليلة آخر لياليه هنا.

واستدار مبتعدًا.

- لا تخف، قالت مريم لناحوم، غـدًا سنوصـلك إلى أقـرب مكـان لـ
(ملبِّس). نمْ الآن، لأن عليك أن تستيقظ باكرًا صباح الغد.

***

حرصتْ مريم على أن تظلّ سائرة خلـف زوجهـا إلى أن دخـل البـيت.
جلس في المكان الذي كان فيه.

- هل تحتاج شيئا؟ سألته مريم.

- لا.

مضت نحو الخزانة، ويدها تتحرّك في عبّها باحثة عـن المفتـاح. فتحتْهـا،
أخرجت البندقية، وتوجّهت ثانية إلى الخارج.

- على وين؟

- استرح، نام شويّ، دوري في الحراسة أجا! وأغلقت الباب خلفها.

***

أمضى أبو جاسر بقية المساء صامتًا، بعد خروجها، ثم توجّه إلى فراشه. كان يفكر في عواقب تلك المشكلة، وطريقة الخروج منها.

حين استيقظ فجرًا، كان لما يزل يفكّر في طريقة تريحه مما هو فيه. كانت مريم تجلس قربه وتتأمله. وكأنها لو أنها سمعت طوال الليل كلَّ ما دار في رأسه من أفكار، قالت:

- سأُلبسه حطّة، وأُركِبه على الحمار، وأُوصله. لن يعرفه أحد.

- توصلينه أنتِ؟!

- نعم أنا، ما دمت خائفًا من أن يتّهمك أحد بأنك جاسوس!

- لست بحاجة لمن يتّهمني فأنا على وشك أن أتّهم نفسي!

صمتٌ ثقيل،

سمعته بعده يقول:

- سأوصله معكِ.

بُرج فوق حصان!

زهور ربيع ذلك العام، كانت كأيّ زهور كبرت في كلّ ربيع؛ تتصاعد كما لو أن الفصْل لن ينتهي، صفراء، حمراء، زرقاء، برتقالية، بيضاء.

أخذ ناحوم مكانه على ظهر الحصان خلف أبو جاسر، فبدا مثل طفل صغير ملتصق بأبيه، بعد أن ألبسته مريم، فوق ملابسه، قمبازًا[4]، وأخفتْ وجهه الأبيض المُحمرَّ بحطة فوقها عقال.

الحمار الذي استقرت فوقه مريم لم يكن قادرًا على مقاومة تلك الخضرة على جانبَي الطريق، كان ينتهز الفرص المتاحة ليقضم كل نبتة يمكنه الوصول إليها.

- إحنا في إيش، وإنت في إيش! خاطبت مريم الحمار، وسحبتْ رسنه بقوة، محاولة اللحاق بالحصان ومَن عليه.

لكن أسنان الحمار عادت لتنقضّ على العشب من جديد. سحبت الحبل فانطبقتْ أسنانه على الفراغ، قبل أن تسمع ارتطامها.

4ـ القمباز هو الثوب الشعبي للرجال القرويين في فلسطين.

كانت قد أعدت خطّة مُحَكَمة: إذا رأت أحـدًا مصـادفة في الطريـق أو في الحقول المجاورة، أن تمضي نحوه وتحادثه إذا ما اضطرّت لذلك، لكـي تمنـح زوجها فرصة للابتعاد أكثر.

لكنها لم تكن مضطرة لأن تفعل ذلك، فقد تجاوزا حدود القرية، ولم يكن عليهما إلّا أن يردّا التحيةَ بصوت مرتفع على كل من يُلـوّح لهما مـن بعيـد أو يُلقي تحية الصباح.

بدأت الأرض تنحدر غربًا، وأصبح من الصعب على مريـم أن تتحكّـم بجلستها على ظهـر الحمار. ترجّلـت عنـه، ربطتْـه بغصن شـجرة زعرور، وانطلقتْ على قدميها مُهرولة.

راحتْ تتبعهما، إلى أن تلفّتَ زوجها ليطمئن عليها، فـرأى الحمار في أعلى التل، ولم يرها. توقّف، أدار رأس الحصان للخلف.

صاح باسمها، أطلّتْ من خلف دغل صغير:

- أنا بخير، واصل طريقك.

***

الشيء الوحيد الذي لم تكن مريـم مسـتعدة لـه، هـو التنـازل عـن وداع ناحوم؛ أحستْ أن كل ما فعلته سيكون ناقصًا إن لم تودعه.

استطاعت اللحاق بها بعد خمس دقائق، كان أبو جاسر يسـير محـاذرًا أن يتعثّر الحصان، أو يلفتَ انتباه أحد إذا ما انطلق مسرعًا، وكان ناحوم متشبثًا بخاصرتيه بقوة.

في تلك اللحظات، رقّ قلبُ أبو جاسر فجأة، كـأنه يـردف واحـدًا مـن أولاده.

35

بعد دقائق صعبة، كان على الحصان أن يبذل خلالها الكثير من الجهد، ليحفظ توازنه، توقَّف بإشارة صغيرة وصلتْه عبر الرَّسن.

طلب أبو جاسر من ناحوم أن يترجَّل.

انزلق ناحوم عن ظهر الحصان بارتباك، دون أن يرفع عينيه عن مريم التي كانت على بعد عشر خطوات لا غير.

أبو جاسر بقي مكانه، مثل برج مبنيٍّ فوق حصان، عيناه تدوران لاستطلاع المكان.

وصلت مريم. سألت ناحوم:

- هل ستكون في أمان إذا ما تركناك هنا؟

هزّ رأسه بالإيجاب.

- الله يسهل عليك. يالا على إمّك!

على وشك البكاء كان ناحوم:

- لا تبكِ هنا، ابكِ عند أمّك، إنها تنتظرك. اقترب منها مادًّا يده. صافحتْه. استدارت مبتعدة:

- لا تنس أن تخلع الحطّة والعقال والقمباز قبل وصولك للملبّس، جماعتك سيقتلونك إن رأوك ترتديها.

هزّ رأسه وهو يراقبها مبتعدة. وقبل أن يستدير، سمعها تقول له:

- سلّم لي على إمّك، وقل لها لا تبعت أولادها مرّة ثانية ليقتلونا.

عند ذلك بكى ناحوم، وقال لها بعربية مكسَّرة:

- ناحوم مش راخ ينسى أنتم أبدًا.

ظلَّ أبو جاسر في المكان يراقب ناحوم، حتى رآه يخلـع العِقـال والحطّـة والقمباز، ويدسّـها تحـت صـخرة، وهـو يتساءل: هـل سـيجرؤ على حمْـل البندقية ثانية ليعود لقتالنا بعد ما قدَّمناه له من حماية؟

لوى عنق حصانه، وعند ذلك، رأى مريم هناك في أعلى التل، تقود الحمار مبتعدة.

كانت أبعد من أيّ مرة رآها فيها، ثم اختفت تمامًا خلف الأشجار.

توقَّف ناحوم أمام البـاب، قـوة خفيـة مـا كـانت تُمسك بيده المصابة وتحشرها في جيبه، لم يعرف إن كان عليه أن يُخفي تلك اليد أم يرفعهـا عاليـا ليراها الجميع؟ لكنه أدرك أن تلك القوة التي تشدّ يده، تشدّها لسبب آخر.

وضع يده في جيبه، تحسّس رصاصة حظّه، وتساءل: هل عليـه أن يُلقـي بها بعيدًا بعد نجاته؟ أم يُبقيها حيث هي، ما دام قد خـرج مـن تلك المِحنـة التي عاشها، حيًّا؟

والبندقية؟ سألته أمّه

قبل أن يصل ناحوم إلى ملبّس في ذلك اليوم، وبمجرد أن خلـع الكوفيّـة الفلسطينية والعقال والقمباز، راح يفكر في الرواية التـي عليـه أن يُقنـع بهـا الجميع. كانت فكرة الاختفاء دون طعام أو شراب هي الأفضل: ثلاثـة أيـام اختفيت داخل مغارة صغيرة ضيقة لا تتّسع لثعلـب! كنت أسمـع العـرب يطوفـون في المكـان، وأرى أرجلهـم، أعقـاب بنـادقهم تتأرجـح، وأسمـع كلابهم في الليل تنبح، وحيواناتهم في النهار ترعى العشب المحيـط بـذلك الجُحر. كان هناك حمار أوشك أن يكون سببًا في هلاكي: راح يلتهم العشب الذي يغطي باب المغارة الصغيرة، حاولت طرده بسباب مخنوق، لكنـه كـان يتلفّت حوله باحثًا عن الصوت، ثم يعود ليَلْتهم العشب.

– والبندقية؟ سأله أبوه.

في وقت لم يتوقف فيه بكاء أمه، وكأنه لم يعُد!

– للأسف، حين اكتشفت المغارة، دفعتُ البندقية للداخل لمعرفة مـدى عمْقها، أدركت أن عمقها أقل من طول البندقية. فكرت أن مـن المسـتحيل

عليّ أن أستخدمها أصلا في مكان بذلك الضّيق. بحثتُ عـن مكـان قريـب وخبأتها فيه. كان من الصعب عليَّ أن أحمـل البندقيـة، وأنـا أختـرق أراضي القرى العربية، دون أن يلحظ وجودها أحد.

- لا تفسدوا الأمر بكل هذه الأسئلة، قال قائد القوة التـي كـان نـاحوم ضمن رجالها. وأضاف: فلنعُد للحمار، إنها قصة مثيرة فعلا.

- أي حمار؟ سأل ناحوم.

- الحمار الذي كان على وشك أن يفضـحك لأنـه التَهـم العشـب، هـل نسيت؟

- أبـدًا، كـان يأكـل ويأكـل، حين سـمعتُ صـوت خطـوات تتقـدّم، فأدركت أنني هالك. نَهَرَ العربي الحمار، لكن الحمار صار يأكل بسرعة أكـبر، وفي لحظات وجد نفسه معي وجهًا لوجه، فجفَل، ووّلى هاربًا، ومـن بـاب المغارة الذي أصبح مكشوفا إلى حدّ بعيد، رأيت العربي يركض خلف حماره محاولا الإمساك به عبثًا.

- يبدو أن الحمار قد كفَّر عـن ذنْبـه، حين ابتعـد بتلـك السرعة كـي لا تُكتَشف.

ضحكوا، لكن ناحوم لم يضحك.

- لا تغضب يا ناحوم، أنت بطلنا، كم من مقاتل في مجموعتك استطاع أن يفعل ما فعلتَ؟! أن يصبر على الجوع والعطش ويخترق صفوف الأعداء ليعود سالما. ولكن، هل تعرف أين خبّأتَ البندقية؟

- أعرف، إنها على بعد خمسين مترا من تلك المغارة، ولكنني أشك في أن

أعرف أين المغارة أصلا. وحاول أن يضحك، فانتشرت ضـحكته الميتـة على وجهه الشاحب.

- أين كنت تبول وتقضي حاجتكَ؟ في المغارة؟ سأل شـقيقه الصغير هِلْمان بلؤم واضح.

- في الليلة الأولى كان عليَّ أن أغامر وأخرج بعد منتصف الليـل، ثـم لم تعد هناك حاجة للخروج إلا في الليلة التالية، وفي الليلة الثالثة لم أتحـرّك مـن مكاني لأنني لم آكل ولم أشرب شيئا كما سمعتَ يا هِلْمان!

كـان ردّ نـاحوم قويًّا ومُقنعًا. صمت هِلْمان بعـد ذلـك، وقـد أحسّ بالنظرات الغاضبة التي أمطره بها كلُّ مَن في الغرفة.

رصاصة في جبين الماضي!

وقف ناحوم صامتًا يراقب النار تلتهم تلك الغرفة الصغيرة التـي آوتْـه ليلتين من ليال ثلاث أمضاها هنا. كانت النار تتلوى صاعدة هابطة، وكأنها قررت الوصول إلى أمّها، النار الكبرى التي تُسمّى الجحيم.

ذهب الربيع، وتبعه الصيف، والخريف، وجاء الشتاء، سبعة أشهر لا غير، كانت تفصله عن يوم نجاته. كيـف تتجمّـع الفصـول كلهـا في سبعة أشهر؟ سبعة أشهر كأنها العام كله!

مطر تشرين الثاني، نوفمبر، يهطل، لكنه لم يكن كافيًا لإطفاء نـار بـذلك الاستعار.

لم تكن هناك الفرس التي امتطاها ملتصقا بـأبو جاسر، ولم يكـن هنـاك الحمار. كانت الأبقار وحدها هناك، لكنهـا انتشرت، غير قـادرة على العـودة إلى الحظيرة، أو الابتعاد عنها، لإحساسها بخطر النار.

أربع وعشرون بقرة، جمّعها أفراد الكتـائب الصهيونية، بعـد مطـاردات كثيرة تحت المطر. كان دفعُ الأبقـار لصـعود تلـك الألـواح الخشـبية نحو

صندوق الشاحنات هو المشكلة الأكبر.

- لنطلق عليها النار أولا، قال أحدهم.

- سنتركك تفعل ذلك إذا وعدتّنا بأنـك سـترفعها بنفسك لصـناديق الشاحنات بعد موتها!

صمت صاحب الاقـتراح، أحـسّ بعضـلات جسمه تضمر، تراجـع خطوتين.

- ناحوم، ماذا نفعل بها؟

كان ناحوم يحدّق إلى بقرة بيضاء مرقّطة، غير قـادر على أن يرفـع عينيه عنها، وكما لو أن البقرة أحسّت بذلك، استدارت، التقت أعينهما، ارتجـف ناحوم، وامتدّت يده تمسح لُعابًا لزجًا سالَ على وجهه.

- ناحوم! ما بك؟

- لديّ حلٌّ، ولكن لي طلب واحد.

- ناحوم أنت بطلنا، لك أن تطلب ما تشاء.

ذخّر ناحوم بندقيته، ومضى نحـو البقـرات، وحين غـدت المسـافة الـتي تفصله عنها عشرة أمتار، وجه بندقيته وأطلق رصاصة استقرت مباشرة بين عيني البقرة البيضاء المرقّطة بالأسود.

هوَت دون أن تتوقّف عن النظر إلى عينيه مباشرة.

- ما الذي فعلته أيها المجنون؟ صاح قائده.

- سألتني إن كان لدي حلٌّ لوضـع البقـرات في الشـاحنات، علينـا أن نسوقها إلى مكان مرتفع، تستطيع الشاحنات الوقوف بجانب حافّته تمامًا،

42

ثم ندفع الأبقار للسير نحو الحافة ودخول الصناديق. قال ناحوم .

– فكرة عظيمة يا ناحوم ، سأنسى من أجلها مسألة إطلاقك النار على تلك البقرة.

***

كان أعضاء الكتائب الصهيونية قد بدأوا البحث عن ذلك المكان الملائم لارتفاع صناديق الشاحنات. وحين تحرّك ناحوم، لم يكن ذلك لمساعدتهم، بل لكي يجد مكانا يبول فيه. حين بدأ يبول، اكتشف أنه في المكان المطلوب. أكمل، أغلق سحاب بنطاله، ونادى: هنا.. هنا.

انتصار صغير آخر، من حيث لا يعرف، تحقق لناحوم.

– أنت لست بطلنا فقط، اذهب واسترح، دع الآخرين ينشغلون بهذه الأبقار.

وتزايد هطول المطر.

تجوّل ناحوم في المكان غير آبه بالابتلال، دخل الحظيرة، ألقى نظرة نحو كومة القش الذي اختبأ فيه، كانت الأبقار قد التهمت معظمه في الأسبوع الأخير، بعد الهجوم الطويل على القرية.

كالعادة، كانت الكتائب الصهيونية قد حاصرت راس السّرو من ثلاث جهات، وتركت الجهة الشرقية مفتوحة، لكي تجعل فكرة الخروج حاضرة طوال الوقت في أذهان أهل القرية.

لا بدّ أنهم انسحبوا بعد منتصف ليل أمس، ففي الصباح بدأ رجال الكتائب بالتقدّم، كان عدد القتلى في الشوارع وفوق حواف السطوح يفوق

43

التوقّع. وكانت ثمة قبور كثيرة حُفرتْ على عجـل، وآثـار دمـاء وطين على الجدران بعد ليال من قصف مدفعي لم يتوقف.

الحظيرة نفسها لم تنجُ من القصف، كانت هناك بقرتان نافقتان وخمس شياه، رآها ناحوم. تراجع خارجًا، هاربًا من رائحتها.

نحو البيت، بيت مريم سار نـاحوم ببطء، خائفـا أن تُطلّ في أيّ لحظـة وتسأله: ناحوم، ها قد عدتَ، عدتَ أخيـرًا، هـل أنـت سعيد بهـذا الـذي تفعله؟!

قبل أن يصل العتبة، سطع برق خاطف، أعقبه رعد مجنون، جعله يجفل، أضاء البيت للحظات، فرأى الأُسرة كلها في الـداخل تنظـر إليـه، ثـم عـاد الظلام وأطبق. أخافه هذا أكثر، وسطع البـرق ثانيـة وأعقبـه رعـد أشـدّ، فاختفوا.

بين أن يدخل أو يخرج، قرر الدخول، وجّه ضوء الكشاف الذي في يـده إلى الداخل، كان البيت مرتَّبا على نحو يدعو للدهشة؛ كـل شيء في مكـانه، كما لو أن الرجال كانوا يقاتلون فوق السطوح ومريم تقاتل من أجل ترتيب البيت! على يساره كانت هناك خزانـة بلـون أخضر زيتـوني مزيّنـة بـورود صغيرة، زرقاء وحمراء وصفراء وبرتقالية، تقدَّم نحوهـا، أشـرَعها. كانت هناك عدة أثواب مطويّة بعناية شديدة. تلمّسها، عبَـرَ خيالَه وجهُ مريـم خطفًا، ولسبب لن يعرفه قبل سنوات طويلة، تناول شـالا مطرزًا بـالحرير الملوّن، زجّه بسرعة في أعمق مكـان داخـل حقيبـة ظهـره، وأغلـق الخزانـة بهدوء. شال مريم كان يذكّره بذلك الشّـال الـذي أحضرته معهـا أمـه مـن برلين، الشّال الذي لا يفارقها.

أطفأ الكشاف، خرج.

كانت الأبقار قد أصبحت كلّها في الشاحنات.

وفاجأه قائد مجموعته:

- أينك يا ناحوم؟ أينك؟ اعتقدنا أنك ستختفي ثلاثة أيام أخرى قبـل العثور عليك!

وضحِكَ..

لكن ناحوم لم يضحك.

الظلال المُوحِلة

مثل غيرها من أهل القرية، كبارًا وصغارًا، سـارت مريـم تحـت أمطـار تشرين الثاني، نوفمبر، وحيدة وقلبها يتسلّق السـفح صـاعدًا، باحثًا عـن أولاده الذين سبقوها. وكلما قطعت عدة خطوات التفتت خلْفها، حلمـت بولدها الذي قُتِل يتبعها.

لكن كل الأشياء كانت تبتعد، وهي تبتعد: الأرض تبتعد، السـماء الـتي تعرفها، الأشجار، البئر، البيدر، المدرسة، المضافة، وروحها تبتعد أيضـا، تفارقها.

استطاعت مريم اللحاق بمجموعة من الأُسر، كلّما حاذت أحـدًا سـألته باكية إن كان رأى زوجها، أولادها. وتدفّق ماء من الأعـالي، جارفـا دمعهـا والحجارة، وتحوّلت السماء إلى سيول كان عليهم أن يبذلوا الكثير من الجهـد كي لا تجرفهم. وبين صمت الرّعـد وعـودته مـن جديـد، كـانت أصـوات المفاتيح المعلقة في رقاب النسوة، تتردّد مثل قرع جرسيّات كنائس مهدّمة.

كانت مريم تسمعها، وتبكي، ويحيرها كيف ترتطم المفاتيـح بعضـها

ببعض، ويصدر عنها هذا الصوت الحزين، وليس هناك سوى مفتاح واحـد معلَّق في صدر كلِّ واحدة منهن!

وعندما اختفت القرية، خلْفها، تصاعدت أصوات المفاتيح أكثر.

مبتلِّين، يسعلون، وصلوا إلى قرية (النّبعـة الفوقـا) المشرفة على قريتهـم، القرية الوحيدة المشرفة على قريتهم، قبل تجاوز خطَّ العدم الذي لا يعـودون بعده قادرين على رؤية بيوتهم، خطَّ العدم الذي لا حياة بعده.

توقّفوا هناك.

حتى منتصف الليل، كان بإمكانهم مشاهدة النيران المشتعلة في عدد مـن القرى التي تمّ احتلالها. ومع انطفاء آخر النيران، ذبلت أعينهـم، وأطبقتْ عليهم عتمةٌ لا شبيه لها: عتمة التشرّد، عتمة الحاجـة والخـوف، عتمـة الغـد الذي لا يعرف أحد بعدَ كم من الأيام أو الشهور ستشرق شمسُه.

كانت بيوت النبعة الفوقا وأحواشـها، سـاحاتها والأرض المحيطـة بهـا ممتلئة بضياع البشر، وكانت مريم تتنقل مـن بيـت إلى بيـت، تسـأل، إلى أن عثرت على أولادها وزوجها في بيت المختار.

متأرجحا بين الحياة والموت، معلّقا بخيط رفيع، برصاصتين في جسـده، كان أبو جاسر.

- كيف وصل إلى هنا؟! سألت.

- لا أحد يعرف، ردّ المختار.

وفتح أبو جاسر عينيه، رآها، وقبل أن يتمكَّن مـن رؤيـة مـن بقـي مـن أولاده، غاب عن الوعي ثانية.

أمضوا الليلة الأولى يرتجفون. أكثر من برْد يهزّ أعضاءهم ويعصف بهـا، ويُطبق على أرواحهم مثل كُتَل من جليد. وكان الأمل بالعودة لم يزل أخضر صبيحة الغد، لكن الأيام راحت تدور وتدور.

ضاقت قرية النّبعة الفوقا بهم، القرية الفقيرة التي وجدت نفسها مطالبـة باحتضان عدد من البشر يفوقُ عدد سكانها، القرية التي لم يكن بمقدورها أن تُطعم كل أولئك الناس، تؤويهم، وتؤمّن لهم الدفء.

***

في صبيحة اليوم العشرين، قرر المهجّرون مواصلة طريقهم بحثًا عـن مكان آخر، لكن ما حدث، أن مريم لم تتحرّك. ظلّت جالسة في مكانها. عدّل أبو جاسر جلسته، وقال: إذا كان الأمـر متعلّقا بي، فـإنني أستطيع الآن أن أسير. هؤلاء الناس لم يُقصّروا معنا، ولكن، لا يُكلِّف الله نفسًا إلا وسْعها، علينا أن نبحث عن قرية أكبر، مدينة.

الشيء الوحيد الذي لم يخطر ببال أيّ منهـم، هـو المخيـم، أن يكونـوا في مخيم، أن يكون هنالك في العالم شيء اسمه مخيم وهم فيه لاجئون.

- لن أتحرّك من هنا إلّا إلى القبر، أو إلى قريتي تلك.

- يا مريم، يا إم جاسر، إعقلي، يجب أن نتحرّك.

- قلت لك، لن أتحرّك من هنا، ولن تغيب قريتي عن عيني.

- ولكن اليهود قد يهاجمون هذه القرية أيضًا.

- عندها، سيحلّها الحلّال، أما الآن فلن أتحرّك مـن هنـا. تريـد الأولاد، خذهم. وصمتت قليلا، قبل أن تمتدّ يدها إلى صدرها وتقبض بأصابع يدها

48

بقوة على مفتاح بيتها، كانت تسمع صوت عدد هائل من المفاتيح يتردّد، ولا تصدق أذنيها، صوتا يتصاعد من فتحة الرّقبة في ثوبها، هي التي تعرف أن ليس هناك إلّا مفتاح واحد.

- أتركوني هنا. قالت، وكانت تريد أن تكمل، ألا تسمعون صوت المفاتيح؟

كانت أصابع يدها القابضة على المفتاح تهتزّ. سحبت يدها فارتفع الصوت أكثر:

- باستطاعتكم اللحاق بالذين رحلوا، تعرفون أين تجدونني، وكان صوت المفتاح يعلو، صوت المفاتيح!

مختار النبعة الفوقا الذي كان يتابع الحديث مع أسرته، قال:

- أتركُها يا أبو جاسر، أتركها على راحتها، ستكونون في أعيننا، كما أنني أرى أن من الخطأ أن تسير وجراحك لم تلتئم بعد. البيت بيتكم، وأملنا بالله أن عودتكم لن تكون بعيدة.

استدارت مريم بوجهها كي لا يفضحها الدمع، فسمعت المفتاح يُصدِر ذلك الصوت الشبيه بنواح الأجراس في صدرها.

فكّر أبو جاسر، وجد أن عليه أن ينهض على الأقل ليفعل شيئا، أيّ شيء. بصعوبة استطاع الحفاظ على توازنه، مثل جبل تحوّل فجأة إلى كومة من قش، خرج.

- إلى أين؟! سأله المختار.

- لن أتأخر.

بعد دقائق، عاد يجرّ حمارًا عليه بعض الفرشات والأغطية، وخلْفه حصانه الذي حمّل فوقه صرّتين من ملابس. وقف أولاده، جاسر، سعيد، نجيب، وأمّهم.

وثانية سأل المختار:

- إلى أين؟!

- إن كانت لديكم خيمة، أو تعرفون أين نجدها، سنكون شاكرين لكم لو أعرتموها لنا.

.. وخرجوا يدوسون ظلالهم الموحِلة.

***

- أريد أن يكون باب الخيمة نحو الغرب.

حاولوا إقناعها بأن ذلك صعب في هذا الوقت، لأن الريح لم تزل باردة، الريح الغربية، وستشتدّ. رفضتْ معيدة جملتها:

- لن أترك قريتي تغيب عن عينَي.

استسلموا.

***

هزلت مريم، حتى أصبحت تلك الريح القوية التي هبّت في مطلع كانون الأول، ديسمبر، قادرة على اقتلاع الخيمة، واقتلاعها.

كان الحصان يصهل والحمار ينهق، والثلج يعبر من شقوق باب الخيمة الغربي، ويخرج من الطرف الثاني، ماحيًا ملامحهم.

لم يكن أبو جاسر فقيرًا، كان في وضع جيد، قبل ما تهجيرهم، إذا ما قورن

50

بالآخرين. فأبقاره، وحقول زيتونه، وماشيته، وذلـك المتجـر الكبيـر الـذي افتتحه في يافا مع واحد من أهلها، كانت تُدرّ عليه دخلا حقيقيًا.

مريـم لم تقبل أن تحمل تحويشة العمر، لم تحمـل سـوى مائتي جنيـه بعـد إلحاح شديد عليها:

- تعرفين أننا قد نفترق، قد يحدث مكروه لأحدنا، خبئيها في حزامكِ، كما تفعل النسوة، هذا هو المكان الآمن، إذا ما صادفنا اليهود في الطريق.

- لقد شقوا بطون النساء الحوامل في ديـر ياسـين، وأخرجـوا الأجنـة؛ سيشقّون بطوننا جميعا بحثًا عن أي قرش، احملْها أنت.

وافقت في النهاية، وحمل أبو جاسر بقية النقود، ونجت النقود التي معـه، حين انشـغل رجـال الكتـائب الصهيونية بحجمـه، بـإطلاق النـار عليـه، وتناسوا ما قد يكون في جيوبه!

***

بعد ليال سوداء طويلة، لم تـذق فيهـا طعامًا، سـقط رأس مريـم فـوق صدرها. اندفعوا نحوها في ذلك الفجر المظلم. أطلق جاسر صرخة، أسكته أبوه بإشارة منه. جسّ نبضها. كـان ضـعيفًا، أشبه مـا يكـون بـآخر أنين للمسيح على الصليب.

بعد ظهيرة اليوم التالي، فتحت عينيها. أسندوها برفق. تأمّلت وجوههم كما لو أنهم ليسوا هناك، أو أنها ليست هناك. كان الغياب وحده هو الحاضر. امتدّت يد أبو جاسر إليها بالماء، هزّت رأسها رافضة.

- عليك أن تشربي، ولكن فَرَحًا هذه المرة! عليك أن تشربي لكي تكوني

قادرة على العودة إلى بيتنا. وصاح:
- يا جاسر، اقرأ لها ما هو مكتوب في الجريدة.

رفع جاسر الجريدة وقرأ:

فوزي المُلقي[5]: عودة اللاجئين إلى قراهم ومدنهم لن تطول!

عدّ تنازليّ

ثلاثة أسباب دفعت قائد مجموعة الهاجناه لاختيار ناحوم:

لأنه امتلك الجرأة لكي يطوّح بـذلك العربي الصـغير إلى أبعـد نقطـة في الوادي السحيق، متناسيا أن ناحوم رفض قتْل ذلك الصغير.

عودة ناحوم سالما، بعد أن وجد نفسه خلف خطوط الأعداء وحيدًا.

وكان قائد المجموعة يريد أن يمنحه سببًا ثالثًا، يمهّد بـه طريـق نـاحوم ليكون ضابطًا في المستقبل.

ما إن انتهوا من تفخيخ بيوت القرية، وراح السِّــلك الكهربـائي الملتـفّ على بكرة كبيرة يتحرّر مترًا بعد آخر. ما إن ألقوا نظـرة ملؤهـا الشـماتة على تلك القرية التي قاتلتْهم كثيرًا. ما إن صاح قـائد المجموعـة مُعلنـا أن لحظة التفجير قد حانت، حتى دعا ناحوم لنيل شرف تدمير تلك القريـة العربيـة التي وقفت شوكة في حلوقهم ستة أشهر بعد إعلانهم قيام الدولة:

- ناحوم، أريدك أن تقوم بأفضل ما لديك، بحيث لا أرى بعد ذلك أيّـا من ظلال بيوتها، أشجارها، أسوارها، أو ظلال من طردناهم منها. أتعـرف

لماذا؟ لأن وجود ظلٍّ واحد، لبيت أو لشجرة، أو لواحد منهم، سيكون بمثابة منارة ترشدهم، إذا فكروا في العودة ثانية.

بدأ قائد المجموعة العدّ التنازلي من 10 إلى 1، لكن ما فاجأه أن ناحوم لم يفهم المعنى العميق لذلك التكريم، فبدل أن يشقّ الطريق مبعثرًا أفراد المجموعة، وقف محدّقًا في من حوله.

سار قائده نحوه، أمسكه من يده ومضى به نحو مفتاح التفجير، وهو يهمس له:

- ناحوم، هل لاحظت أن أبواب بيوتهم كلها كانت مُغلقة، في كل قرية طردناهم منها؟ إنهم يعتقدون: ما دامت مفاتيح بيوتهم معهم، فإننا لن نستطيع دخولها. ولكنهم نسوا أن لدينا مفتاحا واحدا قادرا على فتح كل الأبواب.

- أي مفتاح؟ أجاب ناحوم بيله واضح.

- الذي في يدك الآن، قال قائده، وأضاف: 10.

عمّ الصمت، كما لو أن الصمت هو الانفجار. رفع ناحوم عينيه عن مفتاح التفجير، ونظر إلى القرية، فلم ير غير بيت أم جاسر. كل البيوت، في عينيه، كانت متشابهة، إلّا ذلك البيت.

ولكي يُخرجه قائده من ارتباكه، ويجعله أصلب أمام زملائه، ضغط على كتفه الممسك بمفتاح التفجير برفق، وهو يعد: 9، 8، 7، 6، 5، 4، 3، 2، وبصوت مرتفع: 1.

بسرعة أنزل ناحوم يده، وبالسرعة نفسها صعدت الأرض إلى السماء.

طارت القريـة، طـار بيـت أم جاسر، وفي البعيـد، فـوق الجبـل، مـن بـاب خيمتها، كان باستطاعة مريم أن تسمع الانفجـار، وتلتفتْ، وتـرى القريـة تطير في الهواء، وتطير، قبل أن تتحوّل إلى سحابة من غبار، سـحابة تحملهـا الريح نحو الشرق، فتجتاح خيمتها في الأعالي، وتجتـاح كـل البـيوت الـتي خلفها..

تجتاحها..

- أولئك العرب الذين حملوا مفاتيح بيوتهم، لن يستطيعوا العودة إلى أيّ شيء بعد اليوم. قال قائد المجموعة. وأضاف: سيكون سجلُّك العسـكري، يا ناحوم، منذ اليوم، مضاء بهذه المأثرة الكبرى، لقـد محـوت بنفسـك قريـة عربية من الوجود.

هلّل أفراد المجموعة مربّتين بسعادة على كتفَي ناحوم، وعانقه بعضـهم، وأفاق ناحوم أخيرًا على نشيد:

عود لو أقداه تكڤاتينو

هاتكڤاه هانوشاناه

لشوڤ لإيرتس آڤوتينو

لعير با داڤيد حاناه [6]

***

دارت الأرض بمريم، ودارت، أحسّت بجسدها يتناثر. كـان الانفجـار

6ـ أملنا لم يضع بعد/ الأمل الأزليّ/ أن نعود إلى بلاد آبائنـا/ إلى المدينـة الـتي نـزل عليها داود.

يقتلعها، وكلّما هدأ هديره عاد ثانية. وتوالت الانفجارات طوال فترة ما بعد الظهر، عصرًا، مساءً، ليلًا.

تحاملت على نفسها بعد الثالثة صباحًا، نهضت، حدّقتْ صوب الغرب، رأت وميض الانفجار، ثانية، يجتاح المنطقة كلها.

أمسك أبو جاسر بيدها، أدخلها. برْد نهايات الليل كان قاتلا.

أغلق باب الخيمة، أغلقت عينيها، لكن الانفجار كان في داخلهما، امتلأتا بوميض جهنميّ، فتحت عينيها، فبدا لها أن الخيمة في قلب النار.

****

أما ناحوم، فهمس لنفسه: لو لم يكونوا مُذنبين، لو لم يستحقّوا العقـاب، لما أرسلهم القدر إليّ لأنتقم منهم.

أغلق عينيه، ونام.

بئر الفكرة.. حبْل النجاة!

بعد خمسة أعوام مـن ذلـك الانفجـار، أيقـظ أبـو جاسـر أولاده الثلاثـة بصمت، طالبا منهم أن يرتـدوا ملابسـهم وأحـذيتهم على عجـل، بعـد أن غادروا باب الخيمة، وقـد اطمأنوا أن أمّ جاسر لم تصحُ بسبب حركتهم، انحنى أبو جاسر على ولده الأصغر، وقال له:

- عُد إلى فراشك، أمّك ستكون بحاجة لمن يعتني بها.

- وماذا أقول لها عندما تسأل عنكم؟

- قل لها إنك لا تعرف شيئًا. هل تعرف إلى أين سنذهب؟

- لا.

- إذًا، لن تكذب عليها إذا قلت لها ذلك.

***

أكثر من سبب جعله راضيا عـن قـراره ذاك، فالولـد صغير، وامرأتـه ستكون وحيدة إذا حصل لهم أيّ مكروه، ثـم إن طفلا بعمـره لـن يستطيع

تقديم الكثير.

كـان أبـو جاسر ساهرا في بيـت المختـار، وصـل إلى خيمتـه، لم يكـن باستطاعته إلا أن يُلقي نظرة في آخر كلّ نهار على قريته البعيـدة. لكن تلك النظرة، في ذلك الليل، كانت مختلفة، لأن القرية كانت تشتعل.

لم يكن صعبًا على أبو جاسر أن يعرف أن النار تجتاح بساتين القرية، لكن ما لم يعرفه، إن كان الحريق متعمّدًا أم لا، إن كانوا تذكّروا أشجار القرية بعد مرور كل ذلك الزمن، واكتشفوا أنهم نسوا أن يحرقوها.

وتصاعدت النار أكثر، حين وصل إلى أطراف السفح المطلّ على الغرب، كانت النار على درجـة مـن القـوة بحيـث أضـاءت دروب النبعـة الفوقـا. استيقظ بعض سكانها، دبّت الحركـة في الشـوارع، وعنـدما تحلّقـوا حـول الخيمة التي تنام فيها أم جاسر، صمتوا.

لم يكن صعبًا على أي منهم ألا يرى ذلك الرجل الضخم الذي وقـف إلى جانبه ولداه اللذان اعتقدا في البداية أن أباهما يريد منهما أن يريا مـا يـراه، أن يتذكّرا تلك الليلة.

- ليس لبساتيننا أحد غيرنا يطفئ النار المشتعلة فيها. قـال لهما، وانـدفع نحو الغرب، فتبعاه، تاركين الناس خلفهم.

في داخل الخيمة،

كان صغيره يرى انعكاسات الضـوء على قماش الخيمـة، كمـا لـو أن يـدا عملاقة تمسكُ بالشمس وتؤرجحها في الفضاء.

- إلى أين يا أبو جاسر؟

- سأحترق بتلك النار، يا مختار، كما تحترق أشجاري إن لم أطفئها.

- سيقتلونكم.

- أعرف هذا، ولكنني أشك أن يكون هنالك أحد منهم، فآخر ما يمكن أن يفكروا فيه إطفاء النار التي تأكل بساتيننا.

- انتبه لنفسك، لولديك.

- وأنا، لن أوصيك، لأنكم تعاملتم معنا كأخوة منذ وصولنا، ولكن وصيتك: أم جاسر والصغير الذي بقي معها.

***

لم ينس أبو جاسر آخر مرّة تسلل فيها إلى راس السّرو، كان يرجو أن يعود ببعض أشياء قد تكون نجت من تدمير البيت. يومها، لم يعد وحده، عشرة رجال على الأقل رافقوه إلى هناك.

في تلك العتمة، في ذلك الليل البعيد، كانت القرية قد تحوّلت إلى ملعب منبسط، لا أثر لأي من بيوتها في المكان.

تلمّسوا بأصابعهم الأرض باحثين عن غرف نومهم، عِلِّيـاتهم، عتبـات بيوتهم، أبراج حمامهم، حظائر أغنـامهم وأبقـارهم، آبـار ميـاههم، لم يكن هناك سوى التراب.

في تلك الليلة بكى الرجال بصمت، وعادوا، ولأيام طويلة صمتوا، كأنهم فقدوا الكلام، الكلام كلّه[7].

---

7 ـ لسنوات طويلة بعد النكبة كان كثير من الفلسطينيين، بقوة الحنين، يتسللون إلى قراهم لإحضار بعض أشيائهم، أو لقطف محاصيل بساتينهم.

59

***

كان من الصعب على أبو جاسر أن يعـود إلى قريتـه غـدا، أو بعـد عـام، ويتحسّس الأرض، فلا يجـد هنـاك سـوى الرماد الـذي يغطي مسـاحات بساتينه.

هبط السفوح وولداه خلفه.

السفوح المضاءة بأشجار الزيتون المشتعلة كانت واضحة كأكفهم في عزّ الظهيرة، وكانوا يركضـون. أصـوات أقـدامهم تختلـط بأصـوات الحجـارة وتَكَسُّر الأعشاب الجافة تحت أحذيتهم.

كانوا مندفعين، كما لو أنهم ذاهبون إلى مكـان أبعـد مـن قريتهـم، أبعـد بكثير. لكن الشيء الذي لم ينتبهوا لـه إلا عنـدما وصـلوا، أن هنالـك عـددًا كبيرا من الرجال كان يتبعهم.

***

خاليًا كان المكان من أي جنود إسرائيليين، خاليًا ووحيـدًا في النار التـي تلتهمه.

طويلا، ظلّوا يقاتلون النار، بالتراب، بالأغصان، بملابسهم.

عند الفجر، لم يكن هناك سوى النار الهامدة.

عادوا منهكين..

كانت الشمس قد بـدأت تشرق، أمـامهم، لافحـة وجـوههم بأشّـعتها الحارة، كأنها الظهيرة.

في تلك اللحظات، إذا مـا استثنوا أبـو جاسر بسـبب حجمـه، لم يكن

باستطاعة أحد أن يعرف من يسير إلى جانبه، إلا إذا تكلّم، بسبب ذلك الدخان الذي طمس ملامحهم، وغطى ملابسهم التي كانت ترفُّ منهكةً كخِرَق القماش فوق أكتاف الفزاعات.

وصلوا النبعة الفوقا، لم يستطيعوا مقاومة ما قاوموه طوال الطريق: النظر خلْفهم. التفتوا، كان دخان النار المنطفئة فوق القرية أشبه بليل صغير، تلزمه مائة شمس كي تُبدِّده.

ضباب كثيف.. نشيج خافِت

إحساسه المستمر بأنه غريب، كان الكابوس اليومي الـذي يعيشـه أبـو جاسر، ليلا نهارًا. صحيح أن القرية التي يسكن فيها كانت جزءا مـن ذلـك الجزء الذي لم يتمّ احتلاله من وطنه، لكنـه كـان يحسّ بأنه غريب؛ وكـان يخشى أن يروا فيه شخصا يسعى لأن يكون واحدا من أهل القرية الجديـدة، إذا ما انتقل من خيمة إلى بيت. أن ينظروا إليه وكأنه نسيَ قريتـه الـتي لم يـزل يحدّق فيها، وتحدّق فيها امرأته، أطفاله، وحصانه.

كان يعـرف أن أسـرته بحاجـة إلى بيـت، إلى مسـكن يليـق بإنسانيتهم، يحميهم من حرّ الصيف وبرد الشتاء الطويل، فالسنوات تمرّ وأيـام غربتهـم تطول.

.. وفي الخيمة كان يرى، أن تهجيرهم يتكرّر كل صباح، منذ اليوم الأول الذي وصلوا فيه إلى قرية النبعة الفوقا، ويدرك أن التهجير سيستمر، مـا دام بعيدًا عن وطنه؛ حَفرَ جُحرًا واندسّ فيه أو بنى منزلا!

من أكثر الأمور قسـوة وغرابـة، أن تشـعر أنـك بعيـد عـن وطنـك، في

الشتات، وأنت ما زلت تعيش في ذلك الوطن.

كان أبو جاسر يعيش ذلك الحنين المرّ لكل ما تمّ حرمانه منه، كان يعيش المنفى كما يعيشه المنفى ويلتهمه، رغم أن المسافة التي تفصله عن بيته الأول لا تتجاوز عدة كيلومترات.

أبو جاسر كان يعرف أنه سيظل غريبًا، لكنه كان يعرف أنه بحاجة إلى ما هو أكثر من الخيمة، لأن كل يوم يمرّ يعرّيه أكثر فأكثر، مع تناقص ما حمله من هناك، معه، من مال، وقد يأتي اليوم الذي يجد فيه نفسه وأسرته محرومين حتى من الخيمة.

لكنه لم يجرؤ على شراء قطعة الأرض التي يمكن أن يبني عليها ذلك البيت.

***

تلبّدت السماء بالغيوم،

وما إن انتصفت الظهيرة حتى بدأت السماء تمطر. إنه مطر الزيتون، الذي يحيي قلوب أولئك الذي ما زالوا يمتلكون كُرُومًا يتطلعون لجَمْع ثمارها.

وتجرأ أخيرًا، وقطع نصف المسافة نحو البيت الذي فكّر في أن يبنيه؛ باح لزوجته بما يفكر فيه.

لم توافق أم جاسر.

- تذكّري أن الأمراض ستفترسنا في هذه الخيمة، وأننا لن نعود إلى أيّ شيء إذا متْنا هنا. أعدك أنني سأحرص على ألا تغيب قريتنا عن عينيك أبدًا، قال لها.

63

رفضتْ.

أحبَّ أبو جاسر رفضها، لأنها دون أن تدري كانت تمدّ له حبل النجاة، لينجو من بئر فكرته، من نفسه.

هل كان بعرضه يحاول الفرار من ذنْبٍ سيلاحقه مدى الحياة لو أن مكروهًا حدث لها، لأولاده؟ هل كان يحرّر نفسه من مسؤوليته عنهم؟

ربما.

تلك الليلة، ناموا، وعند منتصف الليل، نهضوا مبتلّين. كانت الريح تقتلع أغطيتهم، وتبعثر كل ما لديهم من أشياء: أباريق، طنجرة، خزانة صغيرة، حتى أحذيتهم جرفتها الريح التي تحوّلت إلى سيل.

فتحوا أعينهم.

لم تكن خيمتهم هناك.

نهضوا بسرعة، كلّ واحد منهم يتشبث بغطائه وفرشته، ويبحث عن حذائه عبثًا.

قبل أن يصيحوا طالبين النجدة، كان أحد رجال القرية الذي استقرّت الخيمة فوق بيته قد استيقظ على صوتها وهي تضرب سطح البيت بقوة، مثل شراع ممزّق.

نظر الرجل إلى الأعلى، وهو يحاول بجهد كبير مقاومة الرياح التي توشك على اقتلاع جسده.

رأى الخيمة.

بسرعة خرج، بما عليه من ثياب لا تردّ بردًا ولا مطرًا.

صاح ليوقظ من لم يزل نائماً من أهـل بيتـه، وخـرج طارقًا الأبـواب في طريقه إلى المكان الذي كانت فيه الخيمة.

بعد قليل، كان عدد كبير من الناس يركضون خلفه، في العتمة والطين.

***

مريضة استيقظت أم جاسر قُبيل الفجر، فتحت عينيها، لم تجد الخيمة فوقها، كان هنالك سقف، سقف إسمنتي، نظرتْ حولها، باحثة عـن بـاب ترى قريتها عبره، لم يكن هناك سوى العتمة الشـاحبة، والحُمَّى. حاولت النهوض، لم تستطع. أحس أبو جاسر بحركتها، نهض، اقترب منهـا هامسًا يرجوها أن تستريح.

- أين أنا؟ أين نحن؟

- نحن في أمان، الخيمة طارت، ولكننا في أمان.

- أين أنا؟ أين نحن؟ عادت تسأل.

مدّ أبو جاسر يده ليتحسس جبينها، وقبـل أن يلمسـه، فـوجِئ بـذلك اللهب المتصاعد منه. توقّفت يده في الهواء للحظات، تجرأ في النهاية، وضـع يده عليه.

عاصفةٌ من يأس طحنتْ قلبَه.

***

كلّ من رأى أم جاسر في الأيام الأربعـة التاليـة، كـان على يقين مـن أنها تُحتضر؛ جفّ جسدها، نفرت عيناها من محجريهما، وغدت عجـوزا، كأنها عاشت ما تبقى لها من عمر في أربعة أيام، أربعة أيام سـيكون خامسـها يـوم الجنازة!

طارت فكرة بناء البيت، البيت الذي فقد معناه قبل أن يُبنى، البيت الذي سيُبنى من أجلها، ها هي على وشك مغادرة العالم كلّه.

***

فجر اليوم الخامس، قبل شروق الشمس، نهضت أم جاسر. اتكأت على ما تبقى فيها من قوة، وانسلّت إلى الخارج، دون أن ينتبه أحد.

أمام باب الحوش وقفتْ تبحث عن الجهة التي ستمضي إليها، جهتها. الضباب الكثيف أربك ما تبقّى في حواسها من يقظة، لكنها لم تكن مستعدة لأن تعود قبل أن تعرف أين أصبحتْ.

وضعت قدمها اليمنى على الأرض، وقبل أن تضع اليسرى أطبق طين كثيف بقبضته على جسدها. تأرجحت قليلا. كانت على وشك السقوط. بسرعة وضعت قدمها اليسرى بجانب اليمنى. عاد لها توازنها. رفعت قدمها اليمنى لتسير، خرجت من الحذاء، وثانية تأرجحت، حاولت إعادتها إلى الحذاء، امتلأ طينًا.

سارت حافية مخلّفة الحذاء خلفها.

بعد قليل، بدأت تعرف مكانها، ووجهتها. وصلت إلى المكان الذي كانت فيه خيمتها، كان خاليا تماما، فالرياح التي هبّت اقتلعت الخيمة وأوتادها.

وقفت، لم تتحرك، إلى أن رأت الأفق يتّسع شيئا فشيئا بتبدُّدِ الضباب.

***

وجدوا حذاءها، انطلقوا باحثين عنها.

تحلّقوا حولها، امتدّت يد زوجها إليها، جفلتْ، انتفض جسدها كلّـه، أدارت عنقها، نظرت إليه، ففهم من تلك النظرة أن عليه أن يتركهـا حيـث هي.

وصل جاسر حاملا بطانية، تناولها والده منه، ألقاها على كتفيها.

بعد نصف ساعة، سمع أبو جاسر ذلك النشيج الخـافت. اقـترب منهـا، حَمَلَها، لم تعترض. فوجئ بأنها غدت خفيفة بصورة لم يتوقّعها، ولو أن الرّيح ما زالت تهب، لحملتها إلى مكان لن يستطيعوا العثور عليها فيه.

المرأة التي نسيتْ أن للبيت بابًا!

لم تكن العودة ممكنة إلى الخيمة،

تزايد المطر وجُنّتِ الريحُ أكثر.

على استحياء طلب أبو جاسر، من المختار، أن يشتري قطعة أرض.

- لا أظننا سنبتعد عن هنا، كما ترى، سأكون شاكرًا لو قبلتم بيعنا قطعة الأرض التي نصبْنا عليها خيمتنا.

- تُفكّر في بناء بيت إذًا؟

- أفكّر في بناء بيت، بـدل أن نعيـش في هـذا الطقـس المتقلّـب، ولعـل جدرانه تحمي شيخوختنا قليلا، في زمننا هذا الـذي لا نجـد فيـه مـا يحمي أرواحنا.

- أستغربُ يا أبو جاسر أنك لم تدرك أن عرضًا كهذا سيغضب شخصًا مثلي!

- يُغضبك؟!

- أجل، لأنك ظننت للحظة أنني سآخذ منك ثمن قطعة أرض هي لكم منذ.. منذ وصولكم إلى هنا، وستظلّ لكم إلى ما بعد عودتكم إلى هناك.

- أنت تعرفني، لا أستطيع أن أضع فيها حجرًا إن لم تبعْني إياها.

- ما دام الأمر كذلك، ولأنني أعرفك جيدًا، فسأبيعك إياها، ولكن عليك أن تعدْني أنك سترضى بالمبلغ الذي سأحدّده، أيّا كان، فهـذه الأرض عزيزة علّي.

- أعِدكَ أنني سأقبل. ردّ، حتى قبل أن يفكر.

- لنتصافح إذًا، تأكيدًا لاتفاقنا.

تصافحا، لكن المختار لم يكتفِ بالمصافحة، بل عانقه.

في لحظة عناقهما تلك، همس المختار في أُذنه:

- الثمن دينار!

- أوقعْتني، وأسرْتني.

كانت دموع عزيزة على وشك أن تسقط من عيني أبو جاسر، ولأنه كـان حريصًا على أن لا يرى المختار التماعها في عينيه، واصل احتضانه لـه، حـتى تأكد من أنها جفّت تماما.

- متى ستبدأ؟

- في أول يوم تشرق فيه الشمس.

***

بسرعة بدأ العمل في بناء المنزل. كان أكثر ما يخشاه أبو جاسر أن ينهـض

69

مرة أخرى ولا يجد امرأته بجانبه، هي التي تزايدت حدّة مرضها بعد خروجها في عاصفة ذلك الفجر.

انحنى، حملها، وسار بها خارجا من ذلك البيت الذي احتضنهما أكثر من شهر.

أشرعت أم جاسر عينيها، كانت في بيت غير ذلك الذي تعرفه. نهضتْ، وقبل أن تصل الباب، تذكّرت أنها رأت نافذة واسعة خلفها. لم تتأكّد إن كانت رأت تلك النافذة في حلمها أم في يقظتها.

استدارت، كانت النافذة هناك فعلا. أوسع نافذة رأتها في حياتها، وأكثر النوافذ قربًا من الأرض.

مضت إلى النافذة، ألقت نظرة عبرها، كانت قريتها، في البعيد، أمامها. سحبت كرسيًّا من القش، كرسيًّا تراه للمرة الأولى، جلست عليه.

امتدت يدها إلى صدرها، تحسست مفتاح بيتها الذي هناك، كما لو أنها تتحسس ظلّها وتهدهده، لتطمئن أنها لم تزل على قيد الحياة.

وتحوّلت عيناها إلى دمعتين كبيرتين.

وطويلا ستبقى هناك، إلى ذلك الحدّ الذي سيجعلها تنسى أن للبيت بابا!

زمن آخر

تحسس أبو جاسر جيبه، أخرج النقـود، مدّ يده إلى صاحب الدكان، حمـل الأكياس الورقيّة، وما فيها من أشياء.

قبل أن يصل البيت، جمع الأكياس في يد واحدة وهو يضمّها إلى صدره، تحسّس جيبه، وعندها فقط، عرف أنه لم يعد يملك شيئًا من المال.

مهمومًا أمضى اليوم، لا يعرف ما الذي عليه أن يفعلـه، سـمع صـهيلا، خرج، مرّر يده على رقبة الحصان، جبهته، واستدار إلى أن أصبح معه وجهًا لوجه، همس له:

- أرجو أن تغفر لي ذات يوم ما سأفعله، ولكنني مضطر لذلك الآن.

***

كان المحراث يغوص في الأرض مفتّتًا قلبها، ناثرًا أحشاءها تربةً حمـراء كالدم.

كم فوجئ أبو جاسر بذلك الانقياد السّهل للحصـان. لم يكـن مضطـرًّا

71

لأن يستحثه للسير، للالتفاف، للتوقّف، كان يطيعه، كـأنه هـو الحصان، وكأن الحصان هو.

في الظهيرة جلس أبو جاسر تحت شـجرة زيتون كبيرة بجـانب الحقل ليتناول طعام الغداء بصمت. اقتطع لقمة من الرغيف، لكـن يـده لم تستطع إيصال اللقمة إلى فمه.

رفع رأسه لينظر إلى ذلك الواقف أمامه بصمت، لكن عينيه توقّفتـا عنـد ركبتَي الحصان. لم يستطع أبو جاسر أن يرفع رأسه أكثر ولا عينيه.

عقد قطعة القماش على رغيف خبز وبعض حبات من الخيار والبنـدورة. بعد ربع ساعة نهض. مضى نحو الحصان، الحصان الذي بدا وكـأنه متجمّـد في مكان. لم تصدر عنه أي حركة أو صـوت، ولم يحـاول بـذيله طـرْد بعـض الحشرات التي تحوم حول مؤخرته.

وقبل أن يقتاد الحصان، فهم الحصان ما عليه.

كان أبو جاسر ينثر القمـح مـن مخلاة عُلِّقتْ حـول خصره، والحصان يسير، والمحراث يغوص في الأرض، وثمـة طيـور تحـطّ خلفـه باحثـة عـن حبات تلتقطها قبل عودة الحرّاث وحصانه.

حلّقت طيور السّمان، لكنها لم تبتعد، كانت تتحين الفرصة للعودة ثانية. عادت، التقطتْ رزْقها، طارت من جديد، حلّقت، دون أن يفكّر أبو جاسر في أن يرفع رأسه إلى السماء؛ لو رفع رأسه، لقال كلاما آخر للسماء ذاتها في ذلك النهار.

***

تكرّر المشهد ثانية، الحصانُ يسير، المحراث يغوص في الأرض، الغداءُ الذي تحت شجرة الزيتون، الرغيفُ الذي أصبح يابسًا، الطيورُ التي تحلّق في السماء بعد أن التقطتْ ما استطاعت الوصول إليه من حبوب لم يغمرها التراب، محاولةُ النظر إلى وجه الحصان، صمتُ الحصان، تزايدُ عدد الحشرات التي تطوف حول مؤخرته ووجهه، الليلُ الطويل.

جهد كبير كان على أبو جاسر أن يبذله لكي يحدّق في عينَي الحصان ثانية.

لم يستطع.

***

إلى الحقل عادا في اليوم الثالث. كل الأشياء كانت حاضرة كي يستمر الدّوران: المحراث والأرض والحبوب وأحزان أبو جاسر وطيور السّمان، لكن الحصان توقّف. دقائق كثيرة مرّت دون أن يجرؤ أبو جاسر على الطلب منه أن يسير، نظر أبو جاسر حوله، تذكّر أنه لم يرَ الطيور منذ وصولها، تلفّت باحثًا عنها، أوشك أن يرفع رأسه إلى السماء، تذكر أنه لو فعل لقال كلامًا كثيرًا لا يحب أن يقوله.

ترك المحراث، سار عدة خطوات، أصبح أمام الحصان، رأى قطرة تسقط، ثم أخرى، اعتقد أن السماء ستمطر، رفع عينيه، وجد نفسه وجها لوجه مع الحصان الذي كان يبكي.

سقط قلب أبو جاسر، وسقطت دموعه.

بسرعة راح يحرّر الحصان من المحراث، سحبه إلى الأمام، انقاد الحصان له، الحصان الذي كانت دموعه تتدفق أكثر فأكثر، وقبل أن يستدير أبو

73

جاسر ليراه، ليعتذر له، ليعِدَه أن ما حدث لن يتكّرر، سمع شيئا ما يسـقط، شيئًا كبيرًا يسقط، عالما كاملا يسقط، التفتَ بسرعة، كان الحصان مُلقى على الأرض.

جنّ أبو جاسر؛ راحت يداه تستحثان الحصان على النهـوض برفـق، كما لو أنه نائم، لكن الحصان لم يستيقظ، وجُنّ أكثر، وضع يديه تحت حصانه، محاولا أن يرفعه، يحمله، يركض به إلى البيت، مثلما كـان يفعـل؛ لم يستطع، كان ثقيلا، وحاول مرة، اثنتين، ثلاثا، صاح، رفع رأسه إلى السماء، وقال كل ما لم يقله منذ النكبة في نظرة واحدة إليها.

.. وأعتم العالم.

البيت الزجاجي

1967

رماد كثيف

كلّ ضابط وجنديٍّ إسرائيليٍّ كان يتقدّم في أراضي الضفة الغربيـة مُنفِّـذًا أوامر قادته، ولم يكن ناحوم مختلفًا عنهـم، لكـن سـيبا مختلفـا كـان يـدعوه للتوغّل بصورة أسرع، حتى أنه في حالات كثيرة تجاوز كتيبته كثيرًا؛ ولـولا معرفة قادته به، لعَدُّوا ذلك شكلا من أشـكال التهـوّر. لكنهـم في كـل مـرّة كانوا يخاطبونه عبر اللاسلكي طالبين منه أن يتمهّل.

يلجم ناحوم محرّك دبابته المعدّلة من طراز M48، يتباطأ، وبعد عدة كيلو مترات يكتشف أنه تجاوزهم من جديد.

في الحقيقة، لم تكن حرب حزيران، يونيو، حربًا، باستثناء بعض المعـارك هنا أو هناك، إذ كان إحساس الضباط والجنود الإسرائيليين أنهـم يتقـدّمون في أراضي الضفة الغربية بذلك اليُسر الذي تتقدّم فيه سكين في قالب جـاتو، إلى حدّ بعيد!

***

بعد أن أحسّ نـاحوم أنـه نفّـذ، على أفضـل وجـه، مهمّتـه العسكرية، ووصل نهر الأردن، استدار للوراء، باحثًا عن شخص واحد فقط كان يهمّه

77

أن يراه. لم يكن سهلا عليه أن يسأل بوضوح، فـذلك سـرّه، لكنـه في اليـوم السابع للحرب، وقد تمّ وقف إطلاق النار تمامًا. ركب سيارة جيب وتـوجّه إلى مبنى الإدارة الأردنية لبلدية القدس.

لم يكن هناك أحد، كانت مُغلقة، وآثار المعارك مـع جنـود أردنيين تُـرى على واجهات المحلّات التجارية والأسـوار، وكـذلك في الطرقـات، حيـث بعض الدبابات والشاحنات العسكرية لم تزل ساخنة، ويتصاعد منها دخـان خفيف لنيران همدَت.

كان على ناحوم أن ينتظر عودة الموظفين لممارسة عملهم كي يحمل سؤاله إليهم. وقد تأخر ذلـك طـويلا، إذ كـانت إدارات بلـديات الضـفة الغربيـة بأكملها تنتظر قرارًا من عمّان بشأن الاستمرار في وقف العمـل أو بـدئه مـن جديد.

لم يكن باستطاعة أيّ رئيس بلدية المبادرة، فهو يعرف، أن ذلـك سـيعني التسليم بوجود الاحتلال في الضفة كأمر واقع، في وقت لم يتأخر فيـه مجلـس الأمن الدّولي في إصـدار قـرار يـدعو القـوات الإسـرائيلية للانسـحاب مـن الأراضي التي احتلّتها والعودة إلى حدود الرّابع من حزيران.

✳✳✳

وقتٌ طويل مرّ قبل أن يجد سؤال ناحوم، المراوغ، إجابة له.
- أين توجّه سكان قرية راس السّرو عام ٤٨؟ سأل.

مفاجئًا كان السؤال لذلك الموظف، الموظف الذي بات يعرف أن ضابط احتلال إسرائيلي يملك الآن حقّ إصدار الأوامـر أكـثر مـن رئيس البلديـة نفسه.

78

- معظمهم ذهبوا إلى المخيمات. بعضهم إلى مخيم عايدة، مخيم العزّة، بعضهم إلى مخيم الدهيشة، وبعضهم توجهوا إلى الضفة الشرقية لنهر الأردن، إلى عمّان.

آخر ما خطر ببال ناحوم أن تكون أمّ جاسر قد ذهبت إلى عمّان، وفكّر: هل علينا احتلال عمّان إذا ما أردتُ الوصول إليها؟!

أقلقتْه الفكرة.

كان على ناحوم أن يتمهّل بعد أن اكتشف أن الوصول إلى أم جاسر لن يتحقّق إلا باستخدام رجل عربيّ في مهمة البحث المستحيلة تلك.

لكن الوقت لم يكن قد حان للوصول إلى رجل مناسب يتحمّل مسؤوليات إنجاز المهمّة بنجاح.

***

خطرت لناحوم فكرة العودة إلى سجلات قرية راس السّرو، السّجلات التي لا بدّ أنها لم تزل موجودة في مكان ما، والتي تحدّد بوضوح أسماء سكانها وعددهم.

لكنه لم يكن يعرف ما هو اسم أم جاسر تلك، ولا اسم زوجها، فلا أحد يسجل اسمه في السجلات بكنيته. ظلّت المشكلة قائمة.

يئس ناحوم، وبدا كما لو أن عمله في الإدارة العسكرية لمنطقة بيت لحم قد أنساه أم جاسر تمامًا، وجاءت نتائج معركة الكرامة وما تركته من مذاق مُرّ للهزيمة في قلبه، لتواري أم جاسر القابعة في داخله بطبقة أخرى من رماد كثيف.

صندوق الأسرار

قبل يومين من توجّهه للدراسة في لندن، تاركًا بيت لحـم وراءه، تاركًا أكثرَ من سؤال لم يجد إجابته في مدينة بيت ساحور[8]، جـاءه الخـبر اليقين: أم جاسر لم تزل في الضفة الغربية، ولم تذهب لأي مخيم، إنها في قرية تبعد أربعة كيلو مترات عن راس السّرو.

لم يصدّق ناحوم أذنيه، كان فرحًا أنه توصّل إلى معرفة مكانها قبل سفره؛ بقاؤها مجهولة العنـوان، كـان أمـرًا سـيؤرِّقه طـويلا في ليـالي لنـدن البـاردة ونهاراتها الضبابية.

***

وصول دبابة شيرمان بصورة مفاجئة إلى مشـارف قريـة النبعـة الفوقـا، دبابة منطلقة بأقصى سرعة، جعل الأولاد يندفعون هاربين للاحتماء بـبيوت القرية، في وقت تبعثرت فيه الأغنام بحيث بدت مهمـة جمْعهـا مسـتحيلة في أعين الرعيان.

8ـ قصة بيت ساحور، وبقية قصة ناحوم، في رواية (دبابة تحت شجرة عيد الميلاد).

فجأة، تراجعت سرعة الدّبابة، إلى أن توقّفت تمامًا على بعـد ثلاثمائة مـتر من القرية.

دقائق طويلة مرّت، دقائق من صمت لا مثيل لـه، صـمت قاتـل يُنـذر بإشراع أبواب جهنم في أي لحظة. أخـرج نـاحوم رأسـه مـن بـرج الدّبابة، وأشار إلى أحد الأولاد أن يأتي.

هرب الولد إلى داخل القرية، وتبعه الأولاد الآخرون.

اختفى ناحوم في الداخل ثانية، وفي اللحظة التالية دارت الدبابة في حركة سريعة، وانطلقت عائدة.

شعر أهل القرية الذين راقبوا المشهد خـائفين، بـأن الأمـر انتهـى. لكـن الدبابة راحت تُطارد أحد الرعيان الذي كان يركض أمامها مذعورًا.

أطلقت الدبابة صلية نيران من رشاشها، فتجمّـد الرّاعي مكانه. ببطء تقدّمت الدبابة نحوه، توقّفتْ، أطلَّ نـاحوم مـن البـرج، وقـال للراعـي: لا تخف! أريد أن أسألك سؤالا واحدًا، وباستطاعتك أن تذهب.

ظلَّ الراعي صامتًا، عيناه مثبتتان على رشاش الدبابة الثقيل الموجه إليه.

- هل هنالك في تلك القرية امـرأة اسـمها أم جاسر؟ أقصـد عائلـة أبـو جاسر!

ظلَّ الراعي صامتا. تفصّد العرق مـن جبينه وعنقـه. وتحـرّك الرشـاش مُنذرًا بإطلاق رصاص يملأ عتمة فوهته.

- هل فهمت السؤال الآن؟ صرخ ناحوم في وجه.

بريبة هزّ الراعي رأسه بالإيجاب.

- ممتاز، قال ناحوم.

- ولكن هناك ثلاث أُسَر أسماء أبنائها الكبار جاسر، أجاب بارتباك.

- أريد أن أعرف مكان ذلك الذي يُدعى أبو جاسر وجاء لقريتكم قادمًا من راس السّرو.

- على طرف القرية الغربي، ذلك البيت الأزرق. قال الرّاعي ذلك وهـو موزّع بين خوفه من رصاص يُطلق عليـه، وضمـير بـدأ يـؤنّبه، وقريـة لـن تسامحه لأنه دلَّ مَن في الدبابة على البيت.

اختفى ناحوم داخل البرج ثانية.

- قلتُ لك إنه ذلك البيت ولم تصدقني. قال الجندي الذي كلّفه نـاحوم بالبحث عن البيت، مُعاتبًا!

- كنت متأكدًا من أنك تعرف البيت، ولكنني لم أكن مستعدًا لأن أطرق الباب الخطأ، فهمت؟

ابتسم الجندي، بحيث اختفت عيناه الصغيرتان الضيقتان تمامًا.

- تأكّد أن مستقبلك سيكون أفضل، إذا ما نجحت المهمّة التي جئنا من أجلها اليوم إلى هنا.

من جديد اندفعت الدبابة ثانية نحو القرية، توقّفتْ في تلك النقطة الـتي توقّفت فيها أول مرة، استدار برجها بحيث غدا بيـت أبـو جاسر في منظـار مدفعها. أخذ ناحوم نفسًا عميقًا، وفكّر: قذيفة واحدة ستريحه مما هو فيه إلى الأبد؛ ستسحق البيت تمامًا، تقتلعه، وتسحق ضَعْفه، هو؛ ضَعفه الذي يخفق في داخله كطائر عَارٍ، وعاره الذي ينهش أمعاءه كجرذ مجوّع.

- لا تقل سيدي أنك أتيت إلى هنا لتقصف البيت! سأله الجندي.

واصل ناحوم صمته.

- شخص واحد يعرف أنني أتيت إلى هنا، هو أنت، ثم لا أحد يعرف أنك هنا معي إلا أنا. بطلقة واحدة أُنهي حياتك، وأمحو أثرك إلى الأبد، وأقول إن العرب قتلوك، هل تفهم؟

ضاع المستقبل فجأة، ودَهَمَ الجندي خوف شديد:

- سيدي، كل ما يحدث هنا سرٌّ، سرّ لن يعرف به أحد، حتى لو دمَّرتَ القرية كلّها فوق رؤوس أهلها. أعِدك بشرفي.

- أصدقك الآن، لأنك تعرف أنني سأقتلك بيدي إذا ما فتحت فمك.

- سيدي، اعتبر أنني لست هنا.

- بل أنت هنا، وستبقى هنا إلى أن أعود.

- أبقى هنا في الدبابة؟

- في الدبابة طبعًا. وعليك أن تراقب كل ما يدور بيقظة.

- حاضر.

- أريدك أن تواصل تحريك المدفع من اليمين إلى الشمال وبالعكس، كي يفهم أهل القرية أنهم في خطر، هذا هو الشيء الوحيد الذي عليك أن تفعله. فهمت؟

تحسّس ناحوم رصاصة الحظ التي في جيبه، أخرج صندوقًا كان مخفيًّا طوال الوقت، وضعه أمام الجندي، فتح باب البرج، وصعد. حين أصبح في

الخارج طلب منه أن يناوله الصندوق. ناوله إياه.

قفز من فوق جنزير الدبابة الأيمن،

تحسّس مسدسه،

ثم انطلق صوْب بيت أبو جاسر.

وقْع الخطى الثقيلة

شيء ما جعل مريم الغافية تصحو، تلك الخطى التي راحت تتقدّم نحـو البيت أطارت النعاس فجأة، أشرعت عينيها، تأمّلت الغرفـة، اسـتندت إلى مرفقيها، واعتدلتْ..

خطى لا تشبه أيّ خطى، كـانت تتقـاطع هنـاك في الخـارج، وتتشابك أصواتها كما تتشابك أصوات الباعة في أسواق الخُضَر.

ارتعش قلبها. قذفت الغطـاء الأحمـر الخفيـف الـذي يغطي جسـدها، نهضت.

كانت لما تزل قوية.

مرّت أمام المرآة الصغيرة لخزانة الملابس، لمحتْ وجهها، لكنـه لم يكـن وجهها، كان وجهًا بعيدًا لوّح لها ذات صباح، ولم يعُد.

تجاوزت عتبة الغرفة، الغرفة التي يحيط جدرانها البيضـاء مـن الـداخل زنّار من دهان أزرق، نظرت عبر الشباك الغربيّ، كان المدى مُغبرًّا، خرجت.

تصاعدت أصوات الناس أكثر فأكثر، لكنها لم تكن قادرة على كتْم وقْـع

تلك الخطى الثقيلة.

فتحت الباب، وجدت نفسها وجها لوجه مع تلك الملامح التي لم تمحُها عشرون عاما مرّت.

تراجع ناحوم خطوتين، وقد فوجئ بها أمامه. كان قـد جهـز نفسه لأن يطرق الباب، أن ينتظر نصف دقيقة على الأقل، أو دقيقة كاملة، أن يسمع صوت خطى تتقدّم من الداخل، أن يسمع صوتا يسأل: مَن؟ وأن يرى يـد الباب تتحرّك، الباب يُفتح، ثم يُطلّ وجه شخص لـن يكون وجهها في البداية، وأن يسأل هو: هل هذا بيت أم جاسر؟ أن يرتبك قليلا؛ لكنه وجـد نفسه أمام المفاجأة دفعة واحدة، كما لو أن عاصفة هبّت فجأة واقتلعتْ كـل ما في طريقها قبل أن تسبقها أي نسمة، أي ريح. ارتبك، اهتزّت قدماه.

إنها هي، ولكنها ليست هي، عشرون عاما فعلت الكثير فيها، محت ملامح وحفرت أخرى.

حوْل ناحوم، خلفه، أمامها، كانت حلقة كبيرة من الناس تتكـاثر. أهل قرية النبعة الفوقا كلّهم راحوا يتوافدون، ورغم أن عينيها ظلّتا مثبتين على وجه ناحوم، إلا أنها رأت المختار متوجّها بسرعة إلى حيث هُم.

ووراءها كان باستطاعة ناحوم أن يرى أبو جاسر يتقدّم بوجهه المغضّن، وشعره الذي شاب تمامًا، والغضب يتطاير من عينيه.

ستقتله هذه المرّة، فكّر ناحوم، سيقال: امرأة عربية قتلتْه مع أنه كان مُسلحًا بدبابة! لعن اللحظة التي ساقته إليها، إلى هذا الحشد، الحشد الـذي سينقضّ عليه، ويهشِّم كلَّ عضو فيه.

أحسّت أم جاسر بتلك النار التي تلفح ظهرها من الخلف؛ سيقتله أبو

جاسر، سيقتله، قبل أن يتفوَّه بكلمة، قبل أن يعرف أحد القصة، القصـة التي ظلَّت تؤرّق الزوج، كما لو أن حماية مريم لذلك المعتدي اليهودي، هـي السبب الأول لاحتلال قريته، وضياع فلسطين!

لقد حانت الفرصة التي ظنّ أبو جاسر أنه أضاعها إلى الأبد، سيقتله.

تنحنح ناحوم باحثًا عن صوته الذي سقط في بئر جسده.

- ما الذي تريده يا ناحوم؟ سألتْه.

فوجئ أهل القرية؛ كيف لأم جاسر التي تمضي ثلاثة أرباع يومها محدّقـة إلى تلك الأراضي الـتي كـانت فيهـا قريتهـا، كيـف لهـا أن تعـرف ضـابطًا إسرائيليًا، وتناديه باسمه على مسامع الجميع؟!

تحرّك الصوت في حنجرة نـاحوم، لكـن لسـانه انعقـد. أحسّ بـالوقت يضيق واللحظات تزداد خطورة، قال:

- جئت لأشكركِ!

تعالت الشّهقات، ودارت الهمهمات مثل زوبعة بحوافّ معدنيـة حـادة كالسكاكين.

- تشكرني على ماذا يا ناحوم؟!

- لأنكِ أنقذتِ حياتي. حينما رأيتُ دموع أمي، عند عودتي إليها، أدركتُ أنني مدين لكِ، لأنكِ لو لم تفعلي ما فعلـتِ، لظلَّـتْ دموعهـا تتـدفّق حـتى الآن، كما تقول لي في كلّ مرة أراها فيها..

كانت كلماته كافية لجعل أعينهم تقفز مـن محاجرهـا ككـرات زجاجيـة مُلتهبة.

أبعدتْ أم جاسر عينيها عنه، تصفّحت الوجوه التي تحلّقت حوله، مُشكِّلة نصف دائرة، وتوقّفتْ عيناها محدّقة في عيني المختار فأبصرت ألــف سؤال يعصف في رأسه.

كان المختار على وشك أن يقول شيئا ما، لكـن أم جاسر أشارت لـه أن يصمت. أطاعها. هو يعرف أيّ امرأة عنيدة هي، لكنه لم يرها قوية كما رآهـا في ذلك اليوم، في الوقت الذي كـان عليهـا أن تكـون ضعيفة مثل قشـة في الريح، وقد وقف الضابط الإسرائيلي يحادثها وتحادثه!

- يا نـاحوم، جئت تشكرني إذًا!

هزّ رأسه مؤيّدًا كلامها.

- وكيف ستشكرني يا ناحوم؟

- لقد أحضرتُ لك هدية!

تصاعدت الهمهماتُ أكثر، ونزلت كلماته كالصاعقة على رؤوس الناس. وقبل أن تُعلِّق أم جاسر، انحنى، وفتح الصندوق، فاستطالت الأعنـاق، وتراجع البعض خائفًا من انفجار، ما، يقتل أهل القرية كلّهم.

لكن الصمت استمرّ، ولم يسمعوا غير صندوق يُفتح، وبـابه يرتطـم بخشبهِ، وناحوم، يُخرج باقة من ورْد، ثم صندوق حلويـات، وقطعـة مـن قماش مخمل نيليّ، ثم يخرج ذلك الشّال، شـال أم جاسر الـذي أخرجـه مـن خزانتها قبل تفجير المنزل.

- كل هذا لي يا ناحوم؟! قالت وابتسامة واسعة غامضة تحتلّ وجهها.

- أجل، لكِ، وعاد له شيء من الاطمئنان.

- كل هذا لأنني أنقذتكَ في ذلك اليوم، قبل عشرين عاما؟!

- أجل، أجل يا أم جاسر.

تصاعدت حيرة الناس أكثر وهي تسمعه ينطق باسمها.

- ناحوم، أنقذتُكَ يومها لأنك كنت ولدًا صغيرًا، ولدًا خائفًا مرتعبًا، ولدًا التجأ إليَّ وطلب حمايتي، ونحن لا نقتل أحدًا يطلب حمايتنا؛ أخلاقنا يا ناحوم، تمنعنا من أن نقتل أحدًا يلتجئ إلينا، حتى لو كان عـدوّنا، فما بالـك إذا ما كان ولدًا صغيرًا يقـف مرتجفًـا على وشـك أن يُقبّـل القـدمَين لينجـو بحياته!

وتقدَّمتْ أم جاسر، قطعتِ المسافةَ الصغيرة التي تفصلها عنه، وغرستْ أصابعها في كتفه، فأحسّ بها قوية كما كانت في ذلك اليوم البعيد.

- أنت تأتي إلى هنا يا ناحوم حامِلًا هـدايـاك، ربما كنـت سـأفكّر في قبـول هديتك، لو أنك جئت تقول لي: يا أم جاسر، شكرًا لك لأنك أنقـذتِني مـن ذلك الشخص الذي كنته، لأنني منذ ذلك اليوم فهمت معنى الحياة، ولم تمتدّ يدي لتلمس بندقية منذ ودّعتكِ على مشـارف قريتكِ. ربما كـان يمكـن أن أقبَلَ هديتك لو جئت تقول لي هذا يا ناحوم، ولكنـك أتيـت لتشكرني على ظهر دبابة، أنقذتُ حياتك وأنـت أعـزل، وجئت تشكرني على ظهـر دبابـة مدفعها موجّه إلى صدري وظهور كل هؤلاء الذين قتلتَهم ألف مرّة.

..يا ناحوم، أنا لست نادمة أنني أنقذتك، ولو عاد الزمان بي ثانية للوراء، سأنقذكَ. وها أنت اليوم تأتيني أخيرًا بكل هذه الهدايا كما لو أنني كنت، منذ عشرين عامًا، أنتظر مجيئك لتشكرني. ولكن قل لي يا نـاحوم: إذا كـان إنقـاذ

حياةٍ واحدةٍ يستحقّ هذه الهدايا، فما الذي يستحقه ذلك الـذي قتـل الآلاف منّا، ودمّر كل تلك القرى؟ يا ناحوم، كم فلسطينيا قتلتَ منذ ذلك اليـوم؟ كم بيتا هدمتَ، كم شجرة اقتلعتَ؟ ألم يخطر ببالك أنه منـذ اللحظـة التـي توقّفتْ فيها دموعُ أمك عن الجريان، بدأت دموعنا تتدفّق، ولم تزل؟

أدرك ناحوم أنهم سـيقتلونه، حـاول أن يـتراجع، ولكـن خـوفه منعـه، وأصابعها المزروعة في عمق جسده.

امتدّت يدها إلى الشّال، وقالت: ناحوم.

- نعم. أجاب، وهو يتلفّتُ حوله، منتظرًا اللحظة التي سـترفع يدها عنه معطية الأمر لتنفيذ حكم الإعدام فيه، كما رفع قائد مجمـوعته صـوته معلنًا لحظة التفجير، ثم أنزل يده المرفوعـة في الهـواء على كتـف نـاحوم، فضـغط ناحوم بكل ثقله على المفتاح، فطارت القرية.

- ما اسم ذلك الذي قتل اليهود، يا ناحوم؟

- هتلر؟ تقصدين هتلر؟

- ماذا لو جاء هتلر هذا، أو قائد جيشه، حاملا هديةً لأمّك أو جدّتكَ معتذرًا لها عن حرْق بيتها وحرْق أبنائها، ما الذي ستقوله له حينها؟

صمت ناحوم.

- سآخذ هذا الشّال، أتعرف لماذا؟

- لأنه شالكِ، أقسم أنني أحضرته لكِ من بيتكِ.

- وما الذي فعلته بعد ذلك بالبيت؟! أهذا كل ما بقي منه؟ من هنا رأيته يطير نحوي، ولكنه لم يستطع الوصول إليّ.

كـان التـأثّر والغضـب يختلطـان ويتحـوّلان إلى إحسـاس ثـالث يشبه الانفجار، حتى نسيَ الجميع تلك الدبابة التـي يتحـرّك مـدفعها كإصبـع جهنّمي متوعّد.

- احملْ هداياك وعُد من حيث جئت يا نـاحوم، عُـد إلى تلك الدبابة، وإياك أن أرى وجهكَ مرة أخرى.

- فلنقتله. تعالت الأصوات.

- لا، لن يقتله أحد، قالت أم جاسر، افتحوا له الطريق ليعود من حيث جاء.

انحنى ناحوم، حمل الصندوق، ابتعد بخطى متعثرة.

استدارت..

مسحت دمعة ثقيلة عن خدها. أفسح لها زوجها الطريق، ورأوها تتّجـه إلى باب غرفتها، ورأوا الباب يُغلق.

***

انطلقت دبابة شيرمان.

استعاد ناحوم ذلك الحوار الذي خاضه مع أمه بعد أسابيع مـن إعلان قيام الدولة، وأعاداه، مستخدمين الكلمات نفسها، في كلّ مرة، كـان آخرهـا بعد النصر الخاطف الذي حققته الدولة منذ أشهر في الحرب الأخيرة:

- أتعرف يا ناحوم، يخيّل إليّ أحيانا، لو كان الموت الذي عرفناه في برلين أقلّ، لما كنتُ تركتها.

- هل تختبرينني، أم تقولين ذلك من قلبك؟

- أقوله من قلبي، فعلا، يا ناحوم، لكن لا تخبر أباك بهذا، لأنني منذ أتينا إلى هنا، وسكنّا هذا البيت، البيت الذي بذلت الكثير ليكون لي، أحسّ بأننا نسكن في داخل فكرة.

- أمّي ! ما هذا؟

- في برلين كنتُ أحسّ بأنني أعيش على الأرض، أرض حقيقية، وبيت حقيقي، أما هنا فالأمر مختلف، وقد تستغرب ما سأقوله لك!

- لا. تأكّدي أنني بعد الآن لن أستغرب أي شيء ستقولينه.

- قلت لكَ، لو كان الموت في برلين أقلّ لما تركتها ربما.

- هذا الكلام سمعته منك قبل لحظات، أريد أن أسمع ما لم تقوليه!

- ما لم أقله يا ناحوم، إن ما يحيّرني، أنه رغم كل الموت الذي واجهه هؤلاء العرب، ويواجهونه على أيدينا، إلا أن كثيرين منهم لم يتركوا مدنهم، وما زلوا يتمسّكون بها، بل إنني أحسّ كلّما عُدتُ إلى البيت من السوق أو من زيارة، أن عليَّ أن أبذل الكثير من الجهد كي أستطيع الدخول! لأن تلك المرأة التي كانت تسكنه، ما زالت فيه، تحتضنه، تطوّقه بذراعيها، وتصرخ بي: هذا بيتي، هذا بيتي! لماذا لا يرحلون يا ناحوم، ولماذا تفعل تلك المرأة ذلك حتى اليوم، بعد مرور عشرين سنة على طرْدها منه؟!

- لماذا!؟ لأننا لم نقسُ عليهم بما فيه الكفاية، هذا هو خطأنا الذي لم يرتكبه أعداؤنا في برلين وسواها.

كان رأس ناحوم مشتعلا بذلك الحوار، أكثر من أيّ مرّة أخرى استعاده فيها، وهو يفكر في كلمات أم جاسر التي قالتها له قبل دقائق:

- لقد فعلتُ ما كان عليّ أن أفعله، وشكرتها، من أجل أمي، ودموع أمي،
ولم تفهم ذلك! لكن الشيء الوحيد الذي سأفعله إذا وجدتُ نفسي معها،
وجهًا لوجها، في مرة قادمة، أنني سأقتلها.

عين مريم!

أُمّ جاسر التي دفنت في أعماقها كلّ ما رأته عام النكبة، عادت، حفـرتْ، وأخرجتْه.

كان الناس ينتظرون سماع قصّتها مع ناحوم، الناس الذين سمعوا منها الكلام الذي قالته له، الناس الذين رأوه يبتعد بدبابته، هاربًا، كأنها تلاحقه، لكنها راحت تستعيد يوم تهجيرها، كما لو أنها تقول لهم، المسألة باتت أكبر بكثير من ناحوم وحكايته:

- كل شيء أمامي، أراه كما أراكم، من الغرب وصلوا. حاصروا القرية. قاتل الرجال لليال طويلة، نفدت ذخيرتهم، فقاتلوا ببنادقهم الـتي تحـوّلت إلى عصي.

رأيتهم يقودون أبو جاسر أمامهم، يسألونه عن بيتـه، رفـض أن يـدلّهم. أوقفوه، وضعوه أمام الحائط، تراهنوا: هل يستطيع الرّصاص اختراق جسد كجسده!

أطلق أحدهم النار عليه، سقط، قلبوه، ضحكوا، لم تكن الرصاصـة قـد

خرجت، أطلق الذي خسرَ الرهان رصاصة أخرى عليه من الخلف، بعد أن ألصق البندقية ببدنه.

قلبوه.

لم تكن الرصاصة قد خرجت من صدره.

هل تعتقدون أن قنبلة يمكن أن تمزّقه، أم لا؟

سحب أحدهم مسمار القنبلـة، كـان على وشـك أن يضـعها تحـت أبـو جاسر، ويبتعدوا. لكن رصاصًا، لا أعرف من أين انطلق، فاجـأهم، وقتـل واحدًا منهم، سقط إلى جانب أبو جاسر.

هربـوا، احتمـوا بالجـدران، خلـف الأشـجار، أطلقـوا النـار في كـل الاتجاهات. اختبأتُ، وهدأ كل شيء من جديد، نظرتُ عبر الشباك، لم يكـن أبـو جاسـر هنـاك. خفتُ، ولكنني حين رأيـت قتيلهم، أدركـت أنهـم سيحملونه هو إذا استطاعوا الوصول إليه، لا أبو جاسر.

خرجتُ مع الأولاد من النافـذة الخلفيّـة، سرتُ بجـانب الحظيرة، كـان أكثر ما يُخيفني رؤيتهم لنا.

طلبتُ مـن الأولاد أن يسـيروا في الكـروم، بين الشـجر، أشرتُ لهـم إلى السفح، وكان هناك أطفال ونساء وشيوخ يصعدونه. اتبعوهـم، قلتُ لهـم، انتظروني في النبعة الفوقا، سألحق بكم. قلت لجاسر خذ أخويك الصـغيرين واسبقني إلى هناك. رفض، قلت له سـيقتلونك إن رأوك، وأبقيت سـامي، معي، كان في الثالثة عشرة، لم يزل طفلا، قلت لن يقتلوه، وأنـا أعـرف أنني أكذب على نفسي، لأنني رأيتهم يقتلون من هـم أصـغر منـه، ولكـن، مـاذا أفعل، ربما أحتاجه لطلب نجدة إن عـثرتُ على أبـو جاسر جريحًا. قلت

لسامي، اسمعني، اسمعني مليح، لقد رأيتهم يطلقون النار على والدك، ثـم اختفى، لا أظنه ابتعد، سيكون بحاجة إلى مساعدتنا.

نحو البيوت عُدنا، سمعت صوت رجـال الكتـائب اليهوديـة، كـانوا يصرخون وهم يحاولون اقتلاع أحد الأبواب، باب محمد عباس:

- هل تريدون أن تموتوا داخل البـيت؟ قـال أحـدهم، وأكمـل آخر: أم خارجه؟

وضحكوا.

كان الباب قويًّا، لم يستطيعوا تحطيمه. وضعوا قنبلة على عتبته، ابتعـدوا، تناثر الباب، عادوا، ألقوا قنبلتين في الداخل، وواصلوا طريقهم.

كانت الضحايا حولي، في كل مكان، فتحتْ امرأة عينيها، حين سمعتْني أطلـب مـن سـامي أن ينتبه، قـالت: مريـم؟! إلى أيـن؟ "تعـالي إلى هنا"، وأفسحتْ لنا مكانا إلى جانبها يكفي لقتيلين. عرفتهـا مـن صوتها: روْز؟! قالت: "لطِّخوا ملابسكم ووجوهكم بالدم، بالتراب، بالـدخان، لـن ينجو من هذه المذبحة أحد غير القتلى، أمثالنا!" رفضتُ، ورأيتهـا تعـود وتلتصـق بأقرب ضحية لها، وهي تُلقي بيدها اليمنى على الجسد الـذي فارقتْه الحيـاة كأنها تحميه من موت آخر. الجسد الـذي كـان جسـد أخيهـا، والـدها، لا أعرف؛ لا شيء يمحو الملامح كالدم عندما يغطيها.

إنني أراهم الآن، أمامي، أكثر مما أراكم.

وسمعتُ أصوات جنود الكتائب، لم أعرف مـن أيّ جهـة تـأتي. قلت لسامي اختبئ هنا، لا أريدك أن تغادر مكانـك، سـأحتاجك حين أعـثر على والدك، وخفتُ عليه أكثر.

موسى العبد، قطّعوه. كانوا على بعد خمسين مترا من مكاني الذي أختبئ فيه، وكانت ابنته ليلى تبكي، وتقول لهم: من شان الله أعطوني أبي.

عندما انتهوا من تقطيعه، أمسك أحد جنود الكتائب بواحدة من يدَي موسى، وقال لها: هذه حصّتكِ منه، البقيّة لنا!

أمسكت الصغيرة يد أبيها، بدأوا بإطلاق النار حولها، هربت، لم تترك تلك اليد.

قالت لي، حين رأيتها هنا، لولا أن أبي أمسك بيدي وجرّني إلى هذه القرية، ما كان يمكن أن أنجو يا خالتي.

وصلتُ إلى بيت أبي، كان أبي لم يزل هناك، عجوزا، لم يكن يريد أن يخرج من البيت، أجبرتُه على الخروج وهو يصيح: وين الدنيا إللي راح تِسعْني إذا تركتُ بيتي؟

أوصلتُه إلى المكان الذي يختبئ فيه ابني وعدتُ أبحث عن أبو جاسر. أبو جاسر إللي عمره ما ضاع، ولا يمكن يضيع.

لم أجده، فرحتُ، قلتُ في نفسي لا بدّ أن يكون ابتعد، نجا.

عدتُ، رأيت جنود الكتائب اليهودية ممسكين بسامي وأبي، صرختُ، رحتُ أركض نحوهم. وقبل أن أصل، أخرجتُ ما في حزامي من مال، كلّ المال، 200 جنيه فلسطيني، وقلت لهم أتركوهم، وهذه لكم. مدّ قائدهم يده وأخذ المال، وقال لي، لكن هذا المال لا يكفي لإنقاذ اثنين، يكفي لإنقاذ واحد فقط، ودسّه في جيبه.

قال لهم أبي: اقتلوني أنا.

قال قائدهم: أنت لا تستحقّ الرصاصة التي تُطلق عليك. لكنه عاد وأضاف، بعد صمت، بل تستحقها، ففي رأسك الكثير من الذكريات التي لن أسمح لك بأن تحملها معك بعيدًا.

وأطلق كل الرصاص الذي في رشاشه عليه. وامتدت يده إلى سامي، هجمتُ عليه، ضربني في منتصف جبيني، سقطتُ، وقبل أن أفتح عينَي، كان سامي مقتولا إلى جانبي.

سأل قائدهم مَن حوله:

- هل تعتقدون أننا تركنا وراءنا أيّ أحياء؟

- لا نظنّ ذلك. تقاطعت الجملة وقد قالها أكثر من واحد.

التفتَ نحوي: سأتركِك لتعيشي وتتألمي، والأهم أن تخبري الجميع بأننا سنقتلهم، كما قتلْنا ابنك ووالدك، إن فكروا في العودة ثانية إلى هنا، أو إن تذكّروا!

وابتعدوا..

تحسستُ جسد سامي، دفعتُه ليصحو، ليحيا من جديد، لم يصحُ؛ حتى رجاء الأم لا يكفي لكي يستيقظ ابنها المقتول.

وسرتُ إلى أبي، تحسستُ جسده، رجوته أن يحيا؛ حتى رجاء الابنة لا يكفي لكي يستيقظ أبوها المقتول.

واعتمتِ الدنيا، سمعتُ صوت أقدام تتّجه نحوي، خفتُ، التفتُّ ورائي، لم يكن صعبًا عليّ أن أعرف خطوات مَن كانت تلك الخطوات.

اقتربتْ أكثر:

- روز؟!

- آه يا مريم، روز، إللي ظَلْ من روز! ورأت ابني على الأرض فقالت لي:

- ليش ما رضيتوا تموتوا معي؟

خبأنا سامي وراء سور، وقالت لي: نعود وندفنه في الغد، ولم أكن أفهم لماذا علينا أن ندفنه!

وصلنا إلى هنا، وجدت أبو جاسر بين الحياة والموت، ومنذ ذلك اليوم، كل ليلة أعود إلى هناك وأدفن سامي، لكنه يعود ويُبعِد التراب والحجارة عن جسده، ويخرج.

لم أعد أراه في أحلامي، لأنني فهمت أخيرًا ما لم أفهمه من قبل: الولد ما زال حيًّا، ولا يريد أن يموت.

- وناحوم؟

- ناحوم؟ أبو جاسر راح يحكيلكوا.

يا ريت قلبي حجر

بعد احتلال الضفة الغربية، وبداية زمن أسود سيمتد سنوات وسنوات، جاء الخبر الذي كان بالنسبة لأم جاسر أكثر الأعراس حزنًا.

سرتْ شائعة في البداية، أن الإسرائيليين سيسمحون للناس بزيارة حيفا ويافا وكل المدن والقرى التي احتُلَّت عام النكبة.

أول ما خطر ببالهم، أن الإسرائيليين ما سمحوا بـذلك، إلا لأنهـم لا يفكرون، أبدًا، في الانسحاب من الضفة الغربية وغزة والجولان وسيناء.

أخافهم هـذا كـثيرًا، ورأوا أن الأوراق الـتي كُتـب عليها قـرار مجلس الأمن، الذي يدعو فيه إسرائيل للانسحاب، غدتْ مُلك الرياح.

✳✳✳

لم يطُل الوقت، بدأت الأخبار تصل عـن أنـاس ذهبـوا وزاروا قراهـم ومدنهم ورأوا بيوتهم وعادوا وقد امتلأت أعينهم بدموع كالدم.

أم جاسر، كانت بكت قبل هذا بكثير، حين ناولها أحـد شباب القرية

100

المنظار وصوَّبه نحو قريتها.

كانت القرية قد بنيت على السفوح الغربية لتل كبير، وانحـدرت بيوتهـا نحو تلال أصغر.

لم تر شيئا، لكنها تمسّكت بالمنظار حين همَّ ذلك الشاب باسترداده.

- يا أم جاسر، الحكومة الأردنية تعتبر هذا المنظار كالسلاح تمامًا، ولـذا ستعتبرنا جواسيس إذا ما عثرتُ عليه معنا.

- سلاح؟!

- نعم يعتبرونه سلاحًا، ولكننـي أعـدكِ أن أُحضره إليـكِ إذا مـا أردتِ النظر إلى القرية، كلما سنحت الظروف.

لم تطلب المنظار ثانية، وشكرتْه حين جاء ذات يوم وهو يُخفيـه في طيّـات قميصه، بعد أن أحسّ أنها غاضبة منه.

- لا تُخرجْه من مكانه، دعْه حيث هو. لن أرى به أكثر مما أرى بقلبي!

***

لكن الأمر اختلف، وبات ممكنًا أن ترى قريتها التي قيل الكثير عـن أنها دُمِّرت؛ كـانت على يقين مـن أن بيوتهـا قويـة تستعصي على أيّ سـلاح، وضربت أمثلة، وهي تبكي عن سُمْك الجدران، وقوة الحجارة المستخدمة في بنائها، وكم من قذائف احتملت طوال أشهُر المعارك.

***

ذات مساء قررت أم جاسر هبوط الجبل، والسير إلى ذلك التل. بعض

الناس، أشاروا إلى أن الأمر لا يتمّ إلا بتصريح، وبعضهم قال: هـذا إذا أراد الإنسان أن يزور المدن الكبيرة البعيدة مثل عكا وحيفا والناصرة، أما القرى القريبة فالناس يذهبون إليها دون تصاريح من إدارة الحكم العسكريّ.

صبيحة السبت الثاني عشر من شهر آب 1967، بدأت أم جاسر رحلتها الحزينة إلى قريتها. ولم تكن الرّحلة سـرًّا، إذ كـانت قـد أخـبرت جاراتها وزوجها أنها ستمضي إلى هناك، ولو اضطرّت أن تذهب وحدها.

حين خرجت من بيتها في ذلك الصباح اللاهب، نظرت إلى الغـرب، كانت الشمس خلفها قادرة على إضاءة كل ذلك المدى الممتدّ أمامها.

عدّلت غطاء رأسها، وشبكت طرف ثوبها بزنّارها، كما كـانت تفعـل في الماضي كلما ذهبت إلى الحقل.

- انتظري إلى أن تتأكـدي مـن أن مـا تقـومين بـه مسمـوح، وعنـدها، سأذهب معكِ بنفسي، جاءها صوت أبو جاسر.

- لن أنتظر أكثر مما انتظرت.

- ولكن هل تعرفين ما الذي ينتظرك هناك؟ لقد رأيت ما لم تتمنَي رؤيته!

- ليس هناك ما هو أسوأ مما عشتُه هنا.

تجاوزتْ عتبة البـيت، فـرأت كـثيرًا مـن النـاس يجلسون أمـام بيـوتهم يسترقون النظر إليها.

لم تُلقِ التحيـة كعادتهـا حين تـرى أحـدًا؛ تـأمّلت الجميـع، كمـا لـو أنهـا تودّعهم وتشكرهم لأنهم كانوا أهلا لها طيلة عشرين عامًا من الغربة؛ وبعد أن تأكدتْ من أنها نظرتْ في عينَي كلّ واحد منهم مباشرة، الرجل والمـرأة،

الكبير والصغير، استدارت نحو الغرب، وبدأت تنحدر.

بعد عشر دقائق سمعت وقع خطى وحجارة صغيرة تتدحرج خلفها. لم تلتفت. واصلت طريقها، ثم راحت الضجة تعلو أكثر فأكثر، والحجارة تزداد تدحرجًا، الحجارة التي كانت ترتطم بها أحيانا وتتجاوزها.

راقبت الحجارة المندفعة أمامها، همستْ لنفسها:

يا ريت قلبي حجر

وأكسر بحدّه الحدّ

وتكون روحي بنتْ

لسّه ما ولدتْ بَعد

وتزايدت الضجة خلفها، ومع كل خطوة، بدأ إحساسها أن الطريق أطول مما كانت تعتقد. حاولت أن تستعيد حسّها بالمسافة حين هُجّرت من القرية قبل عشرين عاما، لم تستطع. تذكّرت الرّصاص والخوف، والهاجس الذي سكن الجميع: ستلحق الكتائب الصهيونية بهم، وتبيدهم؛ كانت راس السّرو، طوال أشهر، شوكةً في حلوق المهاجمين، وظلّ الرصاص وانفجارات القذائف على أطرافها، هي ما يعكّر صفوَ احتفالات المنتصرين بإعلان ميلاد دولتهم الجديدة.

نسيت كلّ صوت، تحوّل صوت خطواتها إلى هدير، كأن الأحزان تتكاثر مع كلّ دقيقة تمرّ، وتطحنُ ما تبقى فيها من أمل خبّأته بعيدًا كي لا يراه الليل. وانتابها إحساس مرٌّ بالوحدة، هي التي كان عليها أن تلتفت خلفها مرة واحدة، لا غير، لتكتشف أن هناك المئات من الأطفال والنساء والرجال يتبعونها، لحماية قلبها من التفتُّت في أي لحظة.

103

راحت الطريق تصعد، وتحوّلت أم جاسر كلّها إلى قلب مرتجف، ينتفض مُعلنا اقتراب لحظة انفجاره. خطوات قليلة كانت تفصلها عن قمة التل، لتُطلّ على السفح، سارت. توقّفت، وتوقّف المئات خلْفها.

صعدت الشمسُ أكثر، انفتحت كبركان في الأعالي، وتجمّد الهواء. غدا السّير صعبًا، الخطوة صعبة. لكن أمرًا كهذا، ما كان يمكن أن يستمرّ إلى الأبد؛ تقدّم طفل، ثم آخر، وتبعهم بقية أهل القرية إلى حيث تقف أم جاسر. بصعوبة وصلوا حيث تقف، ألقوا نظرة إلى حيث كانت تحدّق، لم يكن هنالك شيء، لا أثر لبيت أو سنسلة أو شارع أو حظيرة، أو شجرة. أرض منبسطة ذاهبة نحو الوادي بصمت مميت تغطيها أعشاب جافة.

التفتتْ أم جاسر إليهم، وقالت بذهول فجّر الدّمع في عيون الجميع:

- راس السّرو غير موجودة، راس السّرو ليست هنا، وبحثتُ في وجوههم عن إجابة لسؤالها الغريب: هل يذكر أحد منكم إن كانت البيوت قد هاجرتْ معنا في الـ 48؟! كأني لم أنتبه يومها لذلك، كأنني لم أنتبه!

رفعت رأسها، نظرت إلى الشرق، إلى حيث القرية التي سكنتها عشرين عاما، وكلّها أمل أن ترى بيوت قريتها تصعد الجبل.

***

قبل أن تعود إلى بيتها، شاخت مريم، ازداد عمرها مائة سنة، راقبها أبو جاسر مُقبلة، ولولا أنه يعرف الثوب الذي خرجت ترتديه في الصباح، لما عرفها أبدًا.

ذهبت أملًا، وعادت مأساة.

تجاوزتْ عتبة البيت، دخلتْ، وأغلقت الباب في وجه العالم.

1987

عودة الحاضرة!

بعد عشرين عاما، عادت مريم للظهور ثانية؛ بدت نحيلة، بيضاء، مثـل نبيّة تغادر معبدها للمرة الأولى.

وقفت أمام بابها تتأمل الشوارع والناس، وطال وقوفها. تجمهر كثير مـن أهل القرية يحدّقون فيها برهبة، لا يجرؤون على تعكير صفو تأمّلها حتـى بكلمة.

تأملت حفيداتها وصديقاتهنّ في الشـارع، كـنّ يبنين بيوتـا على الأرض، برصف الحجارة، أو بإحداث خطوط عميقـة في الـتراب تقول إن هنالـك غرفا وساحات ومطابخ وحمامـات وحـدائق. لعبـة أثيرة لـدى الأطفـال في فلسطين. لم يكن المشهد غريبًا عليها، ففي أعماقها، هناك، كانت تـرى طفلـة بعمرههن، ربما كانت هي، تفعل ما يفعلنه تماما.

أبعدت عينيها عن الصغيرات، تأملت الوجوه..

كلّ ما كان حولها، أنفاس محبوسة، وعيون مشرعة على اتساعها، يخشى أصحابها أن يفوتهم شيء مما يحدث.

بعد ظُهر الجمعة، اليوم الأول من أيار عام 1987، بدر عنها ما يشير إلى أنها لم تزل موجودة في هذا العالم: قطعتْ عدّة خطوات نحو الجمْع الحاشد، صافحت كلّ شخص قديم كانت على علاقة جيدة به، وابتسمت بعذوبة لا مثيل لها لشباب كانت عرفتهم صغارًا، لكنها لم تعد تذكر مَن هم تمامًا.

وبعد قليل، لاحظت أن الناس يتتبعون حركةً ما خلْفها؛ التفتتْ، وجدت أبو جاسر واقفًا يترقّب، وحوله تسعة أحفاد من أولادها الثلاثة. وعلى مرأى من الجميع، عادت وقطعت الخطوات التي سبق أن قطعتها قبل قليل متوجّهة نحو زوجها.

- أين الحصان؟ سألته، وسمعتْ شهيقا مكتومًا خلْفها، لكنها لم تلتفت.

- أي حصان؟ سألها.

- حصانك.

- اطمئني، إنه بخير.

الشيء الوحيد الذي بدا واضحًا للجميع، بقية ذلك اليوم، كان الانمحاء الذي عصف بذاكرتها. أحسّ البعض، أنها لم تخرج إلا في رحلة بحث عن تلك الذاكرة المفقودة، الرحلة التي بدأت بسؤالها عن حصان مات منذ سنوات طويلة!

لم تُضِع وقتًا، التفتتْ إلى زوجها وقالت:

- هل تريد شيئا من السّوق؟

لم يُجِب، كان حزينًا على نحو مُبكٍ.

وسألت الأولاد:

- هل تريدون شيئا من السّوق؟

فهزّوا رؤوسهم، يقولون: لا.

استدارت بثقة كما لو أنها لم تختفِ كل تلك السنوات، وسـارت بتـوازن وجلال أدهشا الجميع.

من بعيد، تبعها أولادها وأحفادها وعدد من الجيران للاطمئنان عليها.

في الطريق، انحنت، تناولتْ حجرًا مستديرًا ناعمًا، لفتَ انتباهها، تـأمّلته قليلا، وضعتْه في عبِّها، سارت، سمعت المفتاح المعلَّق في رقبتها، تحت ثوبها، يعود ليطلق تلك الأصوات. توقّفت قليلا، رفعتْ يدها اليمنـى، تحسّسـته، اطمأنت أنه في أمان!

أضاء عقلها،

عاد وأعتم..

كأنها قرية أخرى! لكـن طريـق السـوق كـان واضـحًا لهـا، رغـم كـل التغيّرات التي طرأت على جانبيه، من مبان ومحلات تجارية وصخب لم ترَه من قبل.

وصلت إلى آخر السوق، ألقت نظرة على مـا خلـف القريـة مـن سـهول واسعة، رفعتْ يدها اليمنـى، حكّت رأسها بأصابعها البيضاء النحيلـة، أنزلت يدها، غطّت فمها براحة يمناها، كما لو أنها تمنع كلمات، ما، أن تخرج من فمها رغما عنها.

بعد دقائق استدارت عائدة، تشـاغل مـن تبعوهـا بالنظـر إلى بسـطات الفواكه والخضروات، والتصق بعضهم بأقرب حائط إليـه محـاولا التظاهر

بأنه لا يراها.

أمسكت حبة لوز، وضعتها في فمها، أشرقت ملامحها؛ أحسّت بطعمها اللذيذ. أشارت للبائع تخبره أنها تريد لوزًا. برفق راح يجمع حبات اللوز الخضراء ويضعها في الكيس البلاستيكي الأسود، إلى أن قالت له: يكفي!

وضع الكيس في الميزان، وأضاف عدة حبات، قال: هكذا تمام! وناولها الكيس، في الوقت الذي امتدت فيه يدها إلى عبّها، ولم يطُل بحثها، أخرجتْ الحجر المصقول الذي التقطتـه عـن الأرض، ناولته للبائع. ارتبـك. دارت عيناه تبحثان عمّن يسعفه، وجد الجميع يحدّقون إليه، هازّين رؤوسهم.

أدرك أن عليه تُجاراتها، ابتسم لها:

- شكرًا يا أم جاسر!

- على ماذا؟ هذا حقكَ!

انتظر أن تبتعد، لكنها ظلّت واقفة تنتظر شيئًا ما. ارتبـك البـائع أكـثر، سألها:

- هل تحتاجين شيئا آخر؟ أنا تحت أمركِ.

- أريد بقية النقود!

- أيّ نقود؟! سألها، استدرك: يلعن الشيطان، نسيتُ! ومدّ يده إلى علبـة سمن ماركة (الغزالين) أمامه، وأخرج شيكلاً[9] وناولها إياه.

---

9 ـ العملة الإسرائيلية الحالية. كان الشيكل في القديم وحدة تعبر عـن الـوزن أو العملة، وقد كان الاستخدام الأول له في بلاد ما بين النهريـن حـوالي 3000 سنة قبـل الميلاد، كما استخدمته الشعوب السامية الغربية: الموآبيون، الأدوميون والفينيقيون.

- ما هذا؟! سألته معاتبة.

- بقية نقودك؟

- لا هذه ليست نقودي، أنا أعطيتك نقودًا أخرى، أريد أن تعيد لي نقودًا
مثل نقودي!

عاد البائع للتحديق في وجوه الناس طالبًا المساعدة. لكن أحدًا لم يسعفْه.

نظر إلى الحجر الذي أعطته إياه في داخل العلبة، وقال: حقكِ عليّ! لقـد
أخطأتُ! وانحنى خلف بسطة الخضار، اختفى، وحين انتصب ثانية أمامها،
مدّ يده إليها بحجر صغير.

أمسكت بالحجر، وضعتْه في عبّها، وهي تبتسم له برضا بالغ.

***

من بعيد رأت زوجها أمام باب البيت، كانت تتأمّله مستغربةً وقـوفه في
الشارع هكذا، دونما سبب! لاحظت أن أشياء كثيرة تغيّرت فيـه، إذ بـدا لهـا
أقلَّ حجمًا بكثير، ونحيلا كما لو أنه لم يذق طعامًا منذ شهور. ومـع اقترابهـا،
كان نظرها يبتعد عنه قليلا قليلا، باتجاه تلك التلال الغربية خلف البيت.

حين وصلتْه، ناولتْه كيس اللوز، وواصلتْ طريقها باتجاه الغرب، فتبعها
أحفادها وأولادها الذين ساروا خلفها منذ البداية. أدرك أبو جاسر ما يدور
في داخلها، مسح دمعة فاضت قبل أن ينتبه إليها أحد.

بعد أقل من عشرين خطوة توقّفتْ، حدّقتْ في البعيد، حيـث قريتهـا؛ لم
ترَ شيئًا، كان ثمة غباش في الجهة الغربية يحجب الرؤية تمامًا. امتـدّت يـدها
اليمنى للأعلى، حكّت رأسها، ثم مسحت وجهها بيدها، انزلقت اليـد على

111

خدها كأنها دمعة كبيرة، حتى استقرت راحتها حول فمها تعتصره بشدّة.

ساعات طويلة أمضتها واقفة هناك، كما لو أنها تحوّلت إلى تمثال لا يجرؤ أحد على الاقتراب منه، وهي على ذلك الوضع، لا يصدُر عنها ما يشير إلى أنها حيّة.

رأت الشمس تغيب، تتحوّل إلى قرص ناريّ، والسّماء حولها تزداد اشتعالا.

انسلّت الشمس في خلف الأفق بطءٍ، اختفتْ. أبعدتْ مريم، أم جاسر، راحة يُمناها عن فمها، أنزلتْها ببطءٍ، واستدارت.

كان كلّ من في القرية هناك.

ليلة المفاتيح

تواصل ظهور أم جاسر أمام بيتها وفي السّوق أربعة أيام، وما إن حلّـت ظهيرة الأربعاء، السادس من أيار، حتى انطلقت القرية كلها في استنفار عام للبحث عنها.

فجأة اختفت،

كما لا يمكن أن يختفي أحد في قرية صغيرة. كلّ محاولاتهم للعثور عليها باءت بالفشل، لم يجدوها لا في القرية ولا حولها. فتّشوا آبار الماء، حقول القمح، كروم الزيتون، العنب، ولم يستطع بعضهم أن يمنع نفسه من النظر إلى السماء، لعله يُبصر بعضًا من ثوبها صاعدة للقاء خالقها! ولا نتيجة.

عند الغروب، كانت الشمس تهبط التلال الغربية، ظهرت فجأة على بعد مائة متر من البيت، رآها أحد أحفادها من فوق السطح، فصاح: رجعت ستّي!

اندفع الناس راكضين باتجاه الصوت، وصلوا، رأوها، كانت تلهث، لكنها لم تكن منهكة، لمحـوا في وجهها تعابير لم يسبق لهم أن رأوهـا على

وجهها من قبل، لم يسبق أن رأوها على وجه بشر.

وصلتْ، سألتهم:

- ماذا حدث؟ لم يجيبوا.

استدار كلّ منهم عائدًا من حيث أتى، وبعد تأكُّدها مـن خلـوِّ السـاحة أمام البيت من الناس تمامًا، صرخت مؤنبة حفيدها فوق السطح، داعية إيـاه أن ينزل:

- أريد أن أعرف كيف سمحوا لك بذلك! انزل، وانتبهْ لئلا تكسر يدك أو رجلك!

***

قال لها أبو جاسر وهم يتناولون طعام العشاء:

- لقد قلقنا عليكِ، القرية كلّها قلقتْ عليـكِ، أيـن كنـتِ؟ وبـدل أن تجيب، قالت لحفيدها الذي رآها من فوق سطح البيت:

- جارنا أبو أحمد صاحب الدّكان لا بدّ أنه سهران حتى الآن، خذ هذه، وناولته المِلعقة التي أمامها، اذهب واشتر لي أوقية سُكَّر!

تجمّد حفيدها، غير قادر على فعل شيء، نظر صوبهم، فرآهم متجمـدين مثله:

- عندنا سُكَّر، لا تقلقي، قال أبو جاسر.

فأعادت كما لو أنها لم تسمعه:

- واشتر لي ربع أوقية شاي.

اكتشف أبو جاسر أن لا جدوى من محاولتهم إثناءها.

- ما الذي تنتظره؟ لقد طلبت جدتك أن تشتري لها سكّرا وشايا، يلّا، أريدك أن تذهب كالصاروخ وتشتري لها ما تريد. قال أبو جاسر لحفيده.

انبسطت ملامح أم جاسر وراحت تأكل بشهية مفتوحة، حتى قبل أن يغادر الحفيد الغرفة، دون أن يرفع عينيه عن الملعقة التي في يده، وهو يهمس لنفسه بعد اجتيازه العتبة:

- لقد جُنَّ الجميع!

لحق به والده، نجيب، في الحوش، وضع في يده كمية مـن النقـود تكفي لشراء ما طلبتْه، حين ظهر الوالد مـن جديـد، كـان حريصًا على أن يقـول بصوت مرتفع، مخاطبًا ابنه الذي لم يعد في الحوش:

- مثلما قلتُ لك، بسرعة، لا تتأخر.

***

تأخّر الحفيد، لكن أم جاسر كانت مطمئنة، كما لو أنها نسيت المهمة التي أوكلتْها إليه، وحين استندت بظهرها إلى الحائط، شاكرة الله على نِعَمِهِ الـتي أنعمَها عليهـا، اقتـربت منهـا أصغر حفيـداتها الـتي لم تتجاوز الرابعـة، وأمسكت بالمفتاح الذي في صدر جدّتها وبدأت تعبث به. كـانت أم جاسر سعيدة بذلك، وللحظة فكّرت أن تمسك المفتاح وتُعلّقه في رقبة حفيدتها، إلا أن سؤال الحفيدة البريء أحال تلـك الأمسية إلى جحيـم مـا إن قالت لهـا الحفيدة:

- ستّي، اعطيني هذا عشان أروح أشتريلك فيه إشي زاكي.

جُنّت أم جاسر، وقد أطبقت يداها على المفتاح، وراحت تبكي بصوت

115

عالٍ أفزع الجميع، دون أن تتوقّف عن ترديد:

- (لا، لا) عشرات المرّات.

وقف حفيدها الذي عاد حاملا السكّر والشّاي أمام الباب غير قادر على فعل شيء، غير قادر على أن يتقدّم، غير قادر على أن يتراجع. لمحته، وواصلت صراخها.

بدوْرها راحت الصغيرة تبكي. حملتْها أمها وخرجت بها، في حين راحوا يعملون على تهدئة أم جاسر، لكنهم كلما فعلوا ذلك أطبقت يداها بقوة أكبر على المفتاح، وهي تصيح:

- هذا إلي، هذا إلي، هذا إلي.

حتى موعد آذان العشاء، كانت أم جاسر على حالها، مرّة تلتصق بالزاوية خائفة من أن يأخذوا المفتـاح، ومـرّة تتكـوّر على نفسـها، فيختفي وجهـها ويداها بين ركبتيها.

وسمعت أصوات مفاتيح كثيرة تموج في صدرها وتقبض على قلبها مثل دمعة ناي.

- اتركوها، قال أبو جاسر.

بدأوا بمغادرة الغرفة، الصغير قبل الكبير، وقبل أن يصلوا البـاب، كـان صراخها قد تحوّل إلى أنين مجروح.

بعد نصف ساعة عادوا، كانت هادئة، لكنهم كانوا قد تعلّمـوا الـدّرس جيدًا، ليس مسموحًا لأحد أن يعبث معها أو يتظارف فيما يتعلّق بالمفتاح.

✳✳✳

صبيحة اليوم التالي، اكتشفوا اختفاءهـا ثانيـة، كـانوا على ثقـة مـن أنهـا ستعود!

عند المساء، كانوا يقلّبون الجهات قلقين.

كانوا في انتظارها.

سرّ مريم

لم يكن صعبًا على عائلة أم جاسر وأحفادهـا أن يكتشـفوا المكـان الـذي تتسلّل إليه يوميًّا، وتختفي.

راقبوها، وقبل أن تصـل إلى ذلك المكـان، أدركـوا أنهـا تـذهب لـراس السّرو، تمضي النهار هناك، وتعود آخر الليل.

لم تكن القرية المدمَّرة ضمن أيّ منطقة عسكرية، ولذا، كان باسـتطاعتها الذهاب والعودة يوميًّا دون أيّ تبعات خطرة. لكن أكثر ما كـان يخيفهـم أن تتعثّر فتصاب بكسْرٍ ولا تجد من يساعدها.

في اليوم الثامن من أيار، في ذلك العام، بدأوا يلاحظون أن قوّة غير عادية دبّت في جسدها، بحيث لم يعد باستطاعة أحد اللحاق بها.

تركوها. غدا مشهد هبوطها، كل يوم، عند الفجر مشهدًا مألوفًا، لكنه لم يَفقد جلاله، إذ كانت تبدو في أعين الجميـع مثـل ملاك خـارج مـن كتـاب مقدّس.

❋❋❋

118

الشيء الذي بدأ يقلقهم هي تلك الجروح الصغيرة التي بدأت تظهر على يـديها، وحينها قامت زوجـة ابنها جاسر بتحضـير الحمام لهـا، وتحميمهـا، لاحظت بعض الجروح الصغيرة على ركبتيها أيضًا، فباحت بما رأته لزوجها وحماها.

كان السؤال الذي لا بدّ من أن يُطرح:

- أهي جروح خطرة؟! وطرحه أبو جاسر، وحين ردّت زوجة جاسر:

- لا، لا ليست خطرة.

وعلّق جاسر:

- مثل هذه الخدوش لا بدّ منها لكلّ مـن يصـعد أو يهبـط جبلا كهـذا، صغيرًا كان الشخصُ أم كبيرًا.

في التاسع من أيار تأخّرت. هبطوا الجبل بـاحثين عنهـا، جاسر وأخـواه. وجدوها عائدة، وقبل أن يسألوها لماذا تأخرتِ؟ قالت:

- اليوم كان أصعب الأيام، كان عليّ أن أُنهي مـا بين يـديّ قبـل مغيـب الشمس!

الأمر المربك بالنسبة للجميع، أن أحدًا لم يعد يعرف سـاعات صـحوتها وساعات غيابها عن هذا العالم. ففي أحيان كـثيرة تبـدو في أفضـل حالاتهـا: تتحـدّث، وتنـادي الأحفـاد بأسمائهم، وفي أحيـان أخـرى تتلفّـتُ حولهـا وتسألهم ذلك السؤال الذي لا يستطيعون الإجابة عليه:

- أنا شو إللي مقعّدني هان؟!

وحين لا يجيب أحد، تسأل:

- مَن صاحب هذا البيت الذي نزوره كلَّ يوم؟!

***

في العاشر من أيار امتدّ نومها حتى الحادية عشرة صباحًا. منهكة نهضت. توقعوا كل شيء، لكنهم لم يتوقّعوا أن تقول لهم:

- منذ سنين لم أشعر بمثل هذه الراحة التي أحسستُها الليلة وأنا نائمة في بيتنا!

وبعد أقلّ من نصف ساعة قالت: أظــن أن زيارتنـا طـالـت، صــحيح أن أصحاب هذا البيت لا يبدون منزعجين من وجودنا، ولكن، كما قال المثـل: إن كان حبيبك عسل، ما تلحسوش كلّه!

واختفت مرّة أخرى..

الرجل الذي دخل المضافة بحذائه

قُبيل ضحى الثالث عشر من أيار وصل أحد رجال راس السّرو، إلى القرية التي يسكنها أبو جاسر، كان واحدًا ممن توجّهوا شرقًا حتى استقر بعيدًا هناك، في مخيم الوحدات للاجئين، على أطراف مدينة عمّان.

كانت فرحة أبو جاسر به، فرحة لا تعادلها فرحة. سأل الضيفُ سؤالَه الوحيدَ العالق بلسانه.

- هل زار أحدكم راس السرو؟

- كل الذين استطاعوا احتمال زيارتها. بعضنا لم يستطع أن يراها مهدّمةً. أنت قادم لزيارتها، أليس كذلك؟

- هذا صحيح، ولأطمئن عليكم!

- ستجد أم جاسر هناك، لقد سبقتك!

هبط الجبل، وغاب، وبعد أقل من ساعة كان باستطاعتهم أن يروه صاعدًا التلّ الذي يسند ظهر قريتهم. توقّف طويلا، بحيث ذكّرهم ذلك بوقفة أم جاسر الطويلة فوق الجبل قبل عشرين عاما.

كانوا يعرفون أن ليس أمامه سوى خيارين: أن يقفل عائدًا أو ينحدر مختفيًا نحو السّفح الذي لا يرونه.

اختفى.

***

بعد ظهيرة ذلك اليوم، رأوه على قمة الجبل ثانية، ووجهه للغرب، كما لو أنه لا يريد أن تغيب آثار قريته عن عينيه ثانية.

وطالت وقفته؛ حينًا يرونه يخطو عدة خطوات نحوهم، وحينًا يخطو عدة خطوات في الاتجاه الآخر.

حيّرهم هذا كثيرًا.

في النهاية، رأوه عائدًا، راقبوه حتى اختفى في الوادي، ثم انشغلوا بما عليهم من أعمال، فهم يعرفون أنهم لن يستطيعوا رؤيته قبل ساعة، أو أكثر، وقد كانت أعشاب الربيع الخضراء لم تزل قادرة على عبور أيار دون أن تجفّ.

***

قبل وصوله إلى القمة بقليل، جلس على صخرة محاولا العثور على كلام يقوله لأولئك الذين، لا بدّ، سيسألونه عما رأى.

لم يجد ذلك الكلام!

نهض، وسار متعثرًا، وهو يفكر أن ليس هنالك من إنسان يمكن أن يسير متعثرًا في الأرض، أكثر من ذلك الذي لا يملك الكلام الذي يحتاج أن يقوله.

ودخـل المضـافة بحـذائه! حتى وقـف أمـام المختـار. في الـوقت الـذي استدارت فيه الوجوه نحـو القادم الـذي لم يُـراعِ احـترام المكـان ومـن فيـه، غاضبة.

- إنه ضيفنا. قال المختار.

كان الرجل ذاهلا، وبدا أكثر ضياعًا مـن أم جاسر حينما غـادرت منزلها باتجاه السوق بعد عشرين سنة في عزلتها.

حاول الرجل أن يقول شيئا، ولكنه لم يستطع. كان يحدق في العدم فقط، وكلما سأله أحد: ما الذي حدث؟ تتّسع عيناه أكثر.

جلسَ..

امتدت يد أحد الرجال، وانتزعت الحذاء من قدَمي ذلك الرجل الذي لم يعرفوا ما الذي حدث له.

دهَم البعض خوف، وقد تذكّروا أم جاسر: هل حدث لها مكروه؟ قفـز على ألسنتهم سؤال واحد في الوقت نفسه:

- هل حدث لأم جاسر شيء، لا سمح الله؟

هزّ الرجل رأسه كما لو أنه يقول لا.

اطمأنوا.

في وقت كانت عيناه في مكان آخر.

الشيء الوحيد الذي فكروا فيه بعد ذلك، أن ما يرونه أمامهم هو نتيجـة الصدمة التي تلقّاها حينما لم يجد أيّ أثر لقريته. واستعادوا أعينًا كثيرة عادت من هناك بدموع كالجمر، وقلوب مزّقها المشهد الذي لم تحتمله.

.. وتكوّر الرجل على نفسه.

ثلاثة ظلال وهواء محموم!

لم تعد أم جاسر!

أعتمت..

استعادوا ذهول الرجل، فأصبحوا على يقين من أنهم لم يفهموا إشارته حينما سألوه عنها.

كان الوصول إلى راس السّرو في مثل ذلك الليل، أمرًا محفوفا بالمخـاطر؛ لا لأنهم قد يجدون أنفسهم أمام قوة من جيش الاحتلال وحسب، بـل لأن وعورة الطريق نفسها، كانت خطرة أيضا.

لكن جاسر واثنين من رجال القرية قرّروا النزول أيا كانت النتائج.

طويلًا ساروا بين الصخور والأعشـاب، كما لو أن المسـافة بينهـم وبين قريتهم أربعـون كيلومـترا، لا أربعـة وحسـب. وانتـابهم خـوف أن يمـرّوا بجانب أم جاسر، في الطريق، وهي على بعد خطوات منهم ولا يرونها.

اتسعت أعينهم، وغدت سرعتهم أقلّ، وصاح جاسر بصوت مكتوم: يا اّمه!

من بعيد كانت تأتي أصوات مختلطة لبشر وحيوانات بريّة، وفي الأفق هالات ضوء يعرفون القرى والمدن التي تحتها.

وصلوا الوادي، وحينما بدأوا بتسلّق التلّ، خيّل إليهم أنه أكثر ارتفاعًا من أي جبل تسلقوه في حياتهم.

وصاح جاسر ثانية: يا امّه!

ولم يكن هنالك جواب.

بدأ يبكي، يبكي بحرقة، يختلط نشيجه المرّ بلهاثه، يبكي على مرأى من ليل أعمى وزمن قاس ورمادِ هجرةٍ ما زالت مسيرةُ شتاتِ أهلها كالجمر تحت قدميه.

لم يعرف، في تلك العتمة، إن كان عليه أن يبكي زمانه، أم يبكي يوما خرج فيه من قريته ممسكًا بيدَي أخويه، تاركا أمه مع شقيقه سامي، يفتشان في شوارعها وبساتينها عن أبيه، وأصوات الرصاص والانفجارات تتدفّق خلفهم مثل سيل جارف يلاحقهم.

وللحظة، تمنّى أن يرياه من معه، أن تراه أمّه، أولاده، زوجته، أخواه، أهل قريته، والعالم، كل العالم، جاسر، المُدرِّس، الذي رأى الشباب يبتعدون باحثين عن فرص عمل خارج فلسطين، في الخليج العربي وسواه، لكنه لم يستطع أن يفعل، كي يبقى بجانب أمه، وأحلام أمّه.

صاح ذلك الذي يسير على بعد عدة أمتار منه: أم جاسر!

وبدا وكأن رئتي جاسر أفرغهما من الهواء أعداء لم يسبق أن اجتمعوا عليه هكذا: اللهاث والنشيج والقهر والعمى.

عند منتصف الليل كانوا قد وصلوا إلى قمة التلّ، ثلاثة ظلال يابسة منهكة، يخترقها هواء محموم، متابعًا طريقه إلى ظلال بلا عدد في مدن الشتات ومخيماته.

***

قبل أن يهبطوا نحو السّفح التفتوا خلفهم، متمنّين أن يروا في الشرق الأضواء تُشعل وتُطفأ كما اتفقوا، إذا ما عادت أم جاسر للبيت.

لم يكن هنالك سوى أضواء عمياء محدّقة في عتمة أشدّ عماء.

هبطوا السفح.

بعد نصف ساعة من البحث، خطر ببال جاسر أن يتوجّه إلى حيث كان بيتهم، إلى حيث أشارت له أمّه ذات يوم: هنا كان البيت، هنا كانت الحظيرة، هنا كان الحقل، هنا كان السطح، من هنا جاء الموت، هنا كانت الشمس، وهنا كانت رحمة الله..

كانت تهذي..

استعاد ذلك كلّه وهو يرتجف، كما لو أنها ممسكة بيده، ومعيدة ذلك الكلام الذي قالته وهي تنوح.

تسارعت خطواته، وسمع صوتا يقول له: إلى أين؟

واصل اندفاعه دون أن يجيب.

وسمعها تقول: هنا كانت النمليّة، هنا كنتَ تنام، هنا كنتُ أنام.

وتسارعت خطواته أكثر، وقبل أن يصل إلى حيث البيت، هنالك قرب شجرة الجمّيز الضخمة التي غالبت الحريق وتناثرَ أغصانها في ستّ جهات،

126

رأى ذلك الجسد الصغير مكوَّرًا على نفسه. راح قلبه يخفق بشدة، وأوشك أن يصيح: أمّي. لكنه لجم صرخته، وقد أحسّ أن راحة يدها التي طالما رآها تُطبق على فمها، قد أطبقت على فمه.

إحساس طيب غريب عبره: إنها نائمة، لا، لا، لا يمكن أن تكون ميتة، لا، لا يمكن.

بدأ يسير على رؤوس أصابعه. وصلَها، وضع يده على يدها كانت دافئة، قرَّب سبابته اليسرى من أنفاسها، كانت تتنفّس. رفع رأسه للسماء وهمس شيئا للسماء..

وقبل أن يصل الاثنان الآخران، التفتَ، وقال بصوت مكتوم:

- هُسسسس.

توقَّفا لحظة متسمِّرين مكانهما، قبل أن يواصلا السير كما فعل منذ قليل، على رؤوس أصابعهما.

- إنها نائمة.

خلع قميصه وغطاها به. نظر الواحد منهما إلى الآخر فرأيا بريق أعينهما الطافح بالدمع، خلعا قميصيهما، تناولهما جاسر ووضعهما فوق جسدها الصغير.

وقفوا يتأملونها.

مثل طفلة كانت، شعرها الأبيض الذي انحسر عنه غطاء رأسها، كان ملقى على جبينها منيرًا مثل أول هلال أطلَّ على الأرض.

ابتعدوا قليلا عنها، دون أن تبتعد أعينهم. همس جاسر:

- أظن أن من الأفضل أن نتركها نائمة حتى الصباح، ثلاث أو أربع ساعات وتشرق الشمس.

لم يعترض الآخران.

- أتظنّ أن على أحدنا أن يذهب لطمأنة الناس؟ سأل أحدهما، فردّ الثاني:

- أظن أن علينا أن نبقى إلى جانبها، قد تكون بحاجة إلينا صباحًا.

ولم يعترض أحد.

ساروا نحوها، واستلقوا إلى جانبيها.

كانوا متعبين.. سقطوا في بئر نومهم..

في الصباح، استيقظوا على ضجة تملأ المكان، التفتوا حيث كانت، لم يجدوها.

لم يجدوا سوى قمصانهم، التي غطوها بها، فوق أجسادهم!

المفاجأة!

حين لم تعد أم جاسر، حين لم يعد ابنها، ومن رافقاه، بــدأ الخــوف يأكــل قلوب الناس، تذكروا ذلك الرجل البــاكي في المضــافة، فــأدركوا أن الســرّ عنده. انطلقوا باتجاهه صغارًا وكبارًا، وهناك وجدوه كما تركــوه. كــانوا على استعداد أن يفعلوا أي شيء من أجل أن يتكلّم، حاولوا، وبقيَ صامتا. ولأن الصراخ في وجه الضيف أمر غير مقبول، أمسكه المختار بيده، طالبًا منه أن ينهض. سار مثل منوَّم، دون أن تكفّ دمــوعه عــن التــدفّق، حــتى وصلــوا الساحة الأمامية للمضافة.

سأله المختار: ما الذي رأيته هناك؟

واصل صمته:

ـ ما الذي رأيته؟! هناك ثلاثة من رجالنا ذهبوا ولم يعودوا. إذا ما حدث لهم شيء ستكون أنت السبب أمام الله وأمام الناس.

رفع الرجل رأسه، ومرّت عيناه ببطء على ملامحهم الــتي اختطفهــا ظلام الفجر. شدّ على يد المختار، فاستبشر المختار خيرًا:

- قل وأرِحْنا يا رجل.

وبدل أن يفتح فمه، امتـدت يـدُ الرجـل البـاكي ساحبة المختـار نحـو الغرب، فتبعه بيسر. ظلَّ يسير إلى أن توقف عند طرف القمة الصغيرة المطلّة على تلال راس السّرو. ثم أخذ يهبط السفح، فنزلت القرية عـن بكـرة أبيهـا خلْفه.

***

فوجئ جاسر بأمه منهمكة تعمل على بعـد مائة مـتر مـن المكـان الـذي تركتهم فيه نائمين، جرى نحوها؛ صاحت به:

- انتبه، أليس هنالك باب تدخل منه؟!

تجمّد في مكانه، وخلْفه تجمّد الرجلان الآخران. حدّقوا حـولهم، لم تكـن هنالك بيوت لتكون هنالك أبواب! وحين واصلوا طريقهم، صاحت مـرة أخرى:

- قلت لك، أليس هنالك باب تدخل منه؟!

فتجمّد ثانية ومن معه.

***

بدأ الناس يتجمّعون فوق الجبل أكثر فأكثر. الشمس خلفهـم، وهنالـك على بعد خمسمائة متر، كانت مريم، أم جاسر، تعمل، وثلاثة رجـال بجانبهـا تحوّلوا إلى تماثيل.

وبدل أن ينحدر الناس مُسرعين، توقّفوا فجأة. كل من استطاع أن يـرى جيدًا ما في السفح والتلّ المقابل تجمّد. حتى الصغار الذين لم يعوا مـا يرونـه

تجمّدوا رهبة وقد رأوا الجميع محدّقين بأعين مشرعة، كما لو أن لعنة سماوية أحالتهم إلى حجارة.

انتفضت يد المختار، وبصعوبة استطاع التخلّص من قبضة الرجل الباكي المطبقة على معصمه الأيمن.

انسابت دموعه على وجهه، وحين نظر يمنة ويسرة، وجد الدموع الصامتة تغطي وجوه الجميع.

سار أحد أحفاد أم جاسر أخيرًا، خطوتين إلى الأمام، فتذكّروا أرجلهم التي نسوها..

بهدوء انحدروا فوق السفح. كانت أم جاسر تعمل كما لو أنها تلك الصبيّة التي تنقّلت بخفة بين الحقول، هناك، قبل أربعين عاما.

وصلوا.

رفعت عينيها ونظرت إليهم بغضب وصرخت:

- ألا ترون الشوارع؟! لماذا تتقافزون هكذا من ساحات البيوت إلى سطوحها؟! انزلوا!

ورأت حفادها يتراكضون، فصاحت: يا أولاد، لا تفعلوا هذا، الجدران عالية، ستكسرن أرجلكم!

تجمّد الأولا

كانت أم جا قد أعادت بناء قريتها كما كانت تماما: البيوت، المضافة، المسجد، الكنيس درسة البنات، مدرسة الأولاد، الأسوار، وبدت الشوارع، الأزقة، ا المؤدية إلى البئر، تماما كما كانت قبل أربعين عاما.

ولكنها بدل أن ترفع الجدران، كانت تضع خطوطا من الحجارة مكانها، تاركه للأبواب فسحات، وللسطوح مساحات، وللشوارع امتدادات.

لم يكن ينقص القرية كي تعود كما كانت من جديد إلّا أن يبدأ الرجال العمل على بنائها، وقد انتشر مخططها واضحًا أمام أعينهم، واضحًا، كخطوط راحات أيديهم.

لم يعودوا قادرين على أن يخطوا خطوة واحدة إلى الأمام، قبل أن يتأكّدوا تمامًا من مواضع أقدامهم، ودون أن يرفعوا أعينهم عن تلك المرأة التي استطاعت أن تعيد بناء قريتها وحدها.

كانت سعيدة بما تراه،

وتبتسم، كنبيّة من ضوء.

* * *

قبل الظهيرة كان الخبر قد انتشر. وصل عدد كبير من أهل راس السّرو في القرى والمخيمات القريبة. وتفجّر الحزن جارفًا أربعين سنة من العذاب، حتى قبل أن يصلوا. وحين عبروا من تلك الجهة التي أُجبروا يوم على مغادرة قريتهم منها، ساروا نحو بيوتهم بصمت، بحيث لم تكن أم جاسر مضطرّة لأن تقول لأيّ منهم: ألا ترى الباب؟! ألا ترى السدر؟! ساروا بهدوء، وكلما وصل أحدهم باب بيته، دخل من تلك الساحة الصغيرة الخالية من الحجارة نحو حوشه، ووقف هناك متأملا الب.. قبل أن يخطو نحو أبواب غرفه الداخلية، ليبكي في عزلته، حتى لا يراه أحد!

132

صيحة مريم

وصل إلى راس السرو، التي غصّت شوارعها بالبشر، مصوّر من وكالـة الأنباء الفرنسية، وبعد ساعة، وصل مصوّرو صحف وصحفيّون من وكالة رويتر والأسوشيتد برس.

لم يكن حال الصحفيين أفضل من حـال أهـل راس السرو الـذين ظلـوا يتوافدون على المكان بلا انقطاع، وغدا السفح الشرقي للجبل نهـرًا بشريًا لا يتوقّف عن الاندفاع، في الوقت الذي مضت فيه أم جاسر نحو بيتها؛ كانت متعبة، تمـدّدت في المكان نفسـه الـذي كـان فيه فِراشها قبـل أربعين عامـا، وضعت ذراعها اليمنى تحت رأسها، تكوّرت على نفسها، ونامت.

✳✳✳

في الرابعة من مساء ذلك اليوم، تلقى قائد منطقة جنين مكالمـة هاتفيـة لا يمكن تصديق ما جاء فيها، وبعد دقائق، وصلتْه عدة صور لـراس السرو في بريد عاجل.

لم تحمل المكالمة شيئا مقارنة بما رآه في الصورة.

133

استعاد القائد المشهد الذي عاشه قبل أربعين عاما، وهمس لنفسه: هـذا هو العبث.

رفع سماعة الهاتف، طلب رقًما. يداه تنشران الصور على الطاولة، وعينـاه لا تصدّقان ما تراه.

- ناحوم، أُريدك الآن. اجمع قوّة لا تقلّ عن مائة من جنودنا مع كـل مـا لديك من آليات بسرعة، معك نصف ساعة فقط، وتوجّه إلى موقـع القريـة التي كان اسمها رأس السّرو.

- رأس السّرو؟!

- أجل رأس السرو، لماذا تعيد الكلام الذي سمعته بوضوح؟

حاول ناحوم أن يعرف سبب هذا التحرّك المفاجئ.

أغلق القائد السماعة.

***

من الغرب، وصل هـدير الآليـات العسكرية الإسرائيلية. ومـن الجهـة المقابلة كان سيل البشر هادرًا كما هو.

راح قلب ناحوم يخفق بشدة مع اقترابه من المكان، وقـد تأكـد لـه أنـه لم يكن يتخيّل ما سمعه، لكنه حين رأى جموع الناس، أصبح على يقين من أنـه يعيش أسوأ كوابيسه.

توقّفت الآليات، فتوقف قلبه.

أشرع ناحوم بـاب العربـة العسكرية، رسم إشارة في الهـواء، فهمهـا الجنود.

134

تحرّكت الآليات العسكرية وطوّقت القرية من ثلاث جهات.

ووصل قائد المنطقة الذي نقل الخبر لناحوم.

***

مشهد عصيّ على التّصديق.

بدأ ناحوم يخطو نحو الجموع التي غصت بهـا القريـة، كـان غائبًا عـن الوعي.

من بين الناس، شقّ طريقه، إلى أن وصل إلى حيث كانت تغفـو هنـاك أم جاسر، وقلبه يتقافز من صدره باتجاه حنجرته.

سمعتْ أم جاسر تلك الخطوات التي تعرفها، أشرعتْ عينيها، حـدّقت في وجه ذلك العسكري الواقف أمامها، دعكت عينيها، اعتدلت، رأته، رأته واضحًا، سألت كما لو أنها تهمس لنفسها: ناحوم؟!

امتدّت يد القائد إلى كتف ناحوم، في إشارة منـه لأن يتبعـه، كـان ذلـك أفضل شيء يحدث له في حياته: أن يبتعد ولو قليلا.

حين وصلا على بعد عشرين مترًا من المكـان، همـس لـه: يبـدو أنـك لم تستطع تدمير هذه القرية تمامًا قبل أربعين عامًا، يا ناحوم!

ظلَّ ناحوم صامتًا للحظات، قبل أن يجيب: ألم تكن معي في ذلك اليـوم؟ ما الذي كان يمكن أن أفعله أكثر، لقد محوتها تمامًا كما رأيتَ بعينيك!

– لكنك لم تستطع، كما يبدو، أن تمحوها من ذاكرة تلك العجوز! ناحوم، يبدو أنك لم تقـم بأفضل مـا لـديك، فهـا هـي ظلال البـيوت، الأشجـار، الأسوار، وها هم يخرجون –كما توعَّـدونا دائمًا– مـن ظلال مفاتيـح بيـوتهم

التي طردناهم منها، البيوت التي نسفناها. ألم أقل لك: إن وجود ظلّ واحد، لبيت أو لشجرة، أو لواحد منهم، سيكون بمثابة منارة ترشدهم، إذا ما فكّروا في العودة ثانية؟ أرأيت يا ناحوم، ها هم يخرجون من ظلال مفاتيحهم ويعيدون بناء كل شيء من جديد.

وصمت القائد وهو يراقب الجنود يجبرون الناس على مغادرة القرية.

- أريد تلك الجرافة، قال ناحوم.

- هي لك.. سأراقبك تخوض المعركة مع كل تلك الظلال التي تركتها حية خلفك، ولكن عليك أن تنتبه، هذه ليست معركة سهلة. قال قائده.

* * *

جلس ناحوم خلف مقود الجرافة، راقب المشهد أمامه، وفجأة رأى البيوت، المدرسة، الكنيسة، المسجد، المضافة، بيت أم جاسر، الحقول، رأى كل شيء، عاليا، كما كان قبل أربعين عاما.

هدر المحرّك، تصاعد دخانه الأسود الكثيف حاجبًا ضوء الشمس التي راحت تنحدر ببطء نحو المدى الغربي. وتحرّكت الآلة الضخمة جارفة كل تلك الحجارة التي أعادت بها مريم رسم قريتها من جديد.

كانت الأسوار تنهار، البيوت، الأبواب، والجرافة تتقدّم، والصراخ يتصاعد غضبًا، ثم الرصاص ينطلق بغزارة، وقبل أن تصل الجرافة إلى بيت أم جاسر، استطاع جاسر وبعض الرجال الوصول إلى أمّه. كانت قوية إلى حدّ غير عادي، لم يستطيعوا زحزحتها؛ وبدا لهم أن يديها قابضتان على شيء لا يرونه.

..واندفعت الجرافة بجنون، سقط السور، الجدار، وهوى البيت. تراجع ناحوم بالجرافة عدة أمتار ليتحاشى سقوط السقف! عاد واندفع من جديد، تصاعد الدخان الأسود الكثيف أكثر فأكثر. أعطى الآلية مزيدًا من الوقود، جأر محرِّكها أكثر، واختلط صوتها بصوت الرصاص، ومن فوق كتف ابنها كانت أم جاسر تنظر لقريتها وهي تبكي وتصيح: يا امَّه، يا امَّه.. هـدموها مرة أخرى، هدموا البيت مرة أخرى.

وهيئ لناحوم أنه يسمع قائده يصيح: الظلال يا ناحوم، عليك بالظلال.

ثانية عادت الجرافة إلى الخلف، فـرأى هنـاك الظلال تتكـاثر، وعنـدها، أدرك ناحوم للمرة الأولى في حياته، أن دفن الظلال أمرٌ آخر.

- قد تقتُل شخصًا ما، لكنك لن تتمكن، أبدًا، من أن تـدفن ظلَّـه معـه، كان يهمس لنفسه برعب، ويُعيد.

في منتصف الساحة الواسعة، التي كـانت يومًا قلـب راس السرو، غاصت الأنياب المعدنية في الأرض عميقًا، مـرات ومـرات، مُحدِثَةً حفـرة عميقة.

إلى الخلف عادت الجرافة، دفعت الحجارةَ الصغيرة التي استُخدمتْ في بناء القرية نحو الحفرة، ألقتْها فيها، وبدأت بدفنها.

عاصفة حجرية

كان ناحوم يقود العربة العسكريّة، بجنون، مبتعدًا عن المكان..

سقطت حجارة من جهتَي الشارع، بقوة غير معهودة. أشرع الجندي الجالس بجانب ناحوم بندقيته وأطلق النار نحو أشجار الزيتون على يمين الشارع، صوْب مصدر الحجارة القابع وسط الغيوم المنخفضة والخضرة الداكنة، وعاد وذخّر بندقيته من جديد، وقبل أن يُشرعها ثانية، كانت السيارة تتعرّض إلى أسوأ عاصفة حجرية عرفاها.

في الملهاة وجذورها

لَهَا بالشيء، لهوا: أولع به.

لَهَا، لِهْيانا عن: إذا سلوتَ عنه وتركت ذكره وإذا غفلت عنه.

ولَهَت المرأةُ إلى حديث المرأة: أَنِست به وأعجبها.

قال تعالى (لاهية قلوبهم) أي متشاغلة عما يُدعَونَ إليه. وقال (وأنت عنه تلهّى) أي تتشاغل.

وتلاهوا: أي لها بعضهم ببعض.

ولهوت به: أحببته.

والإنسان اللاهي إلى الشيء: الذي لا يفارقه. وقال: لاهى الشيء أي داناه وقاربه. ولاهى الغلامُ الفطامَ إذا دنا منه.

واللُّهوْةُ واللُّهْيَةُ: العَطِيَّة. وقيل: أفضل العطايا وأجزلها.

(لسان العرب)

إبـراهِـيـم نَصُرالله

مواليد عمّان، من أبوين فلسطينيين أُقتلعا من أرضهما في عام 1948

*** صـدر له شعرًا (الطبعات الأولى):**

. الخيول على مشارف المدينة،1980 . المطر في الداخل، 82 19. الحوار الأخير قبل مقتل العصفور بدقائق، 1984 . نعمان يسترد لونه، 8419 . أناشيد الصباح،84 19. الفتى النهر والجنرال، 1987. عواصف القلب، 1989 . حطب أخضر،1991 . فضيحة الثعلب، 9319.

الأعمال الشعرية– مجلد يضم تسعة دواوين، 1994 . شرفات الخريف، 9619. كتاب الموت والموتى،1997 . بسم الأم والابن، 1999 . مرايا الملائكة، 2001 . حجرة الناي، 2007 . لو أنني كنت مايسترو، 2009.أحوال الجنرال –مختارات، 2011 . عودة الياسمين إلى أهله سالما– مختارات،2011 . على خيط نور.. هنا بين ليلين، 2012 . طيب مثل قلب سحابة– مختارات، 2017 . الحبّ شريرٌ، 2017 .

*** الروايـات: (الطبعات الأولى):**

. براري الحُمّى، 1985 . الأمواج البرية، 1988 . عَوْ، 1990 . حارس المدينة الضائعة، 9819 .

الملهاة الفلسطينية (الطبعات الأولى):

. طيور الحذر، 1996 . طفل الممحاة، 2000 . زيتون الشوارع. 2002 ، أعراس آمنة، تحت شمس الضحى، 2004 .

زمن الخيول البيضاء، 2007 اللائحة القصيرة لجائزة البوكر العربية، 2009 . قناديل ملك الجليل، 2012 .

مجرد 2 فقط، 1992 . أرواح كليمنجارو، 2015 .

ثلاثيـة الأجـراس،2019:

ظلال المفاتيح، سيرة عين، دبابة تحت شجرة عيد الميلاد.

141

الشـرفات: (الطبعات الأولى):

. شرفة الهذيان، 2005. شرفة رجل الثلج، 2009. شرفة العار، 2010.
شرفة الهاوية، 2013. شرفة الفردوس، 2015، حرب الكلب الثانية، 2016.

* كـتب أُخرى (الطبعات الأولى):

. هزائم المنتصرين- السينما بين حرية الإبداع ومنطق السوق، 2000.
. ديـواني - شعر أحمد حلمي عبد الباقي. إعداد وتقديم، 2002.
. السيرة الطائرة: أقل من عدو، أكثر من صديق، 2006.
. صور الوجود- السينما تتأمل، 2008.
. كتاب الكتابة: تلك هي الحياة.. ذاك هو اللون، 2018

· تُرجم عدد من أعماله الروائية إلى الإنجليزية، الإيطالية، الدنمركية، التركية،
الإيرانية، ونشرت قصائد له بالإنجليزية، الإيطالية، الفرنسية، الألمانية،
الإسبانية، السويدية...
. أقام أربعة معارض فوتوغرافية، وشارك في معرض (كتّاب يرسمون):
فاروق وادي، جمال ناجي، إبراهيم نصر الله– عمان، 1993 .

* نال تسع جوائز عن أعماله الشعرية والروائية، من بينها:
. الجائزة العالمية للرواية العربية (البوكر) 2018،
عن روايته (حرب الكلب الثانية)
. جائزة كتارا للرواية العربية، عن رواية (أرواح كليمنجارو)، 2016
. جائزة القدس للثقافة والإبداع (الدّورة الأولى)، 2012، عن مجمل أعماله.
. جائزة سلـطان العـويس للشـعر العربي، 1998.
. جائزة تيسير سبول للرواية، 1994.
. جائزة عرار للشعر، 1991.